愛

謀略の剣 参

激闘 北の関ヶ原編

磯崎拓也
Isozaki Takuya

文芸社

謀略の剣　参　激闘　北の関ヶ原編／目次

これまでのあらすじ

時は戦国期……。

越後の国主である上杉謙信には、影のように付き従う一人の甲賀者がいた。

そのものの名は、霧風十左衛門――。

十左衛門は、甲賀でも限られたものしか受け継ぐことが許されぬ『霧風流甲賀闘気術』の使い手であり、その神技《しんぎ》とも言える凄まじき技で、あらゆる危機から謙信を守っていた。

そうした天正六年（一五七八）三月九日。織田信長の命を受けた朝鮮人の刺客、朱烈炎により、不覚にも十左衛門の目の前で、謙信が暗殺されてしまう……。

十左衛門は、深い哀しみと共に、その怒りを烈炎にぶつけ、激闘の末、謙信の仇を討ったが、その直後、上杉の跡目を自らの主君である上杉景勝に継がせんとする樋口兼続（後の直江兼続）の謀略に嵌り、瀕死の重傷を負った……。

兼続は、逃亡した十左衛門の命を執拗に狙い、やがてその刃は、十左衛門の一人息子である十四郎にまで向けられた。

十左衛門は十四郎を救おうと、最期の力を振り絞って兼続一派の中に飛び込み、その身に巻き付けた爆薬によって、敵もろとも爆死する。

十四郎は、父を失った失意の中、母代わりであった楓と共に甲賀をめざす逃避行を始めるが、その途中、織田の忍びである饗団と遭遇し、絶対の危機に全てを諦めかける。が、烏天狗の面を着けた男に救われ九死に一生を得ると、甲賀の霧の谷にて、奥義を得る為の修行を始める。

七年後、奥義を得た十四郎は、師である孤鷲の勧めで奥羽の覇者である伊達政宗に仕えることとなる。その政宗が、小田原に参陣するにあたり、付き従った十四郎は、その小田原の陣において、自らの生い立ちや家康の正体など、驚愕の事実を知る……。

小田原攻めは、北条氏の降伏をもって終結するが、十四郎を捕らえることを諦めない兼続は、焦りの色を増す。そんな兼続の下に、夜陰に紛れて怪しい男が接近して来る。

それは、霧風流甲賀闘気術の術者に深い恨みをもち、その術者を抹殺することに執念を燃やす影のもの――。

そのものこそ、かつて北条氏に仕え、その北条氏が滅びた後は、忽然とその存在の一切を消し去っていた風魔党の首領、風魔小太郎であった……。

謀略の剣

参

激闘　北の関ヶ原編

戦国――それは、何一つ信じてはいけない修羅の時代

第一章　決心

一

文禄二年（一五九三）八月　朝鮮国晋州《チンジュ》――

「退けー。退けー！」

馬上で兵に下知する小十郎の左腕や背には、深々と矢が突き刺さり、その身に着けた甲冑は、敵の返り血を浴びて、赤く染まっていた。

「鬼丸、殿は無事城まで退かれたか?!」

「はっ、しかと某がお連れ致しました。殿は無事にござりまする！」

「そうか、では我らも城内に退くとしよう。じゃが、先程から十四郎の姿が見えぬが、殿と一緒か？」

「いえ、某は存じませぬ……。交戦し始めました折は、殿のお側でその身をお守りしておりましたが、この半時程は見掛けておりませぬ」
「そうか……」

天下統一を果たした秀吉は、文禄元年一月、誰も予想だにしていない命令を諸大名に発した。それは、朝鮮半島を経由して明国へ出兵せよとの渡航命令――。世に言う〝朝鮮出兵〟の開始命令である。

これは、国内の統一を成し遂げた秀吉ではあったが、前年の天正十九年（一五九一）八月に、溺愛していた世継ぎの鶴松が亡くなるという悲劇に遭遇し、その底知れぬ哀しみを癒さんが為に始めようとした、哀しき老人による狂気に満ちた命令であった。

これを機に秀吉は、関白の位を甥の秀次に譲り、自らは関白を辞めたものの尊称である『太閤』を称するようになった。そしてその野望は、印度に至るまでの地を支配し、アジアを統治する中華皇帝にならんとした。

こうした秀吉の思いが、朝鮮出兵のきっかけではあったが、石田三成ら豊臣政権の中枢を担うものらには、この出兵に別の思惑があった。

実は、この時既に国内では、知行（戦功のあった家臣に与えられる領地）不足に端を発した家臣同士の争いや豊臣政権に対する忠誠心の低下といった問題が起き始めており、新たに与える領地の獲得が求められていた。よって三成らは、諸大名から朝鮮出兵に対し如何なる反対意見が出たとしても、政権をより強固にする為には、せざるを得ないものとして、実行する外なかった。

この朝鮮への遠征隊は、中国、九州地方の大名が中心に編成され、遠方である東国の大名は軍役を軽減されていた。しかし、大大名である徳川・上杉、そして伊達は、予備軍として遠征に加わるように秀吉から命が下された。

その結果、動員された兵の数は、渡航した兵で十七万超。待機兵まで加えると、三十万を超えるものとなった。

戦況は、同年四月十三日に小西行長ら一番隊が釜山浦《プサンポ》に上陸すると、難なく釜山城を攻め落とした。日本軍は、そのまま間を置かず、次々に加藤清正らが加わる二番隊、そして三番隊と繰り出し、破竹の勢いで五月三日には首都漢城《ハンソン》（現在のソウル）を落とし、休む間もなく平壌《ピョンヤン》城まで攻略した。が、七月に入る辺りから、明の援軍が朝鮮軍に合流しただけでなく、各地で民衆の自発的な武装集団である〝義兵〟が抵抗運動を展開し始めた。その兵は、古来より中原《ちゅうげん》から伝わる固有の武術を操って、日本兵の多くを死に至らしめた。この武術こそ、謙信や信玄を亡きものにしたあの死神、朱烈炎の体術に繋がるものであり、ここで烈炎を評するならば、烈炎は、この体術と剣術が一体となった武術を凄まじい修行によって昇華させ、それを極めた天才であった。

日本軍の侵攻は、陸戦だけでなく海戦においても、次第に芳しくない状況となった。それは、名将の誉れ高き李舜臣が率いる朝鮮水軍によって、制海権を掌握されてしまったことが、その最大の理由となった。

そうした状況の中、翌年の四月に、政宗率いる伊達軍は渡航命令を受けて晋州城攻略に参加し、城が陥落するのに一役買った。

ただ、伊達の勢いもこの時のみで、陣中に疫病が発生すると、政宗の側近らも次々に病で命を落とし、軍内には厭戦気分が漂い始めていたが、四ヶ月過ぎたこの日も、奪い取った普州城を死守すべく、城外に出て攻め寄せてくる敵と対峙していた。

その普州城より四半里（一キロメートル）離れた原野に、十四郎の姿があった。

その十四郎は、全身に深手を負い、もはや闘える状態ではないことが見て取れた。

そのような十四郎の前に、あの風魔小太郎がいた……。

「はあ、はあ……。き、貴様、分かっておるのか……。今は異国の敵と戦っている最中だぞ、日本人同士で命の取り合いをするような時ではない！……」

十四郎は、胸や腕から血を迸らせ、肩で息をしながら小太郎に言った。

「そのようなことなど、わしにはどうでもよい！　ようやく探し出し、貴様を倒す好機を得たのじゃ。先代の無念、この地で晴らしてくれよう！」

そう言うなり、小太郎は飛び掛かり、その両腕に装着された〝手甲刀《てっこうとう》〟を、容赦なく十四郎の左右の胸に突き立てた。

「ぐわ！」

十四郎は、ただ苦痛の声を上げた。

小太郎は闘いにおいて、あらゆる得物を使いこなしたが、特に好んだのが、今正に十四郎に突き立てている自ら考案した手甲刀であった。

手甲刀は、鉄の輪に刃渡り一尺（約三〇センチメートル）程の刃が付けられており、その輪を握って腕に装着すると、まるで手の甲から、剣が伸びているように見えるものであった。

「どうした霧風十四郎。わしはこの日をずっと待ちわびていたのだぞ。なのに、肝心な貴様がこのざまではがっかりではないか。貴様の力はこの程度ではあるまい。さあ、真の力をわしに見せて見よ！」

「くっ……」

更に深く突き立てられる手甲刀の痛みに、十四郎の顔は歪んだ。

「やれやれ、我が術を破れず、身動きができぬか。これでは全く手応えがないわ……」

そう言うと、小太郎は突き立てた両の剣を引き抜いた。すると十四郎は、それと同時に、その場に倒れ込んだ。

「もはや、立つことさえできぬか……」

小太郎は、眼下にひれ伏す十四郎に目をやると、蔑むように続けた。

「先代は、わしとは比較にならぬ程強き忍びであった……。その先代を、貴様の父は倒した……。貴様は父親が先代を倒した術を会得しておるであろう。さあ、我が術を解いて見せよ。そして、このわしに挑むがよい！」

小太郎は、語気を強めて言い放つと、十四郎をそのまま激しく蹴り上げた。十四郎は、成す術がないように、そのまま二間（約三メートル六〇センチ）程蹴り飛ばされると、力無く地べたに転がった。

〝か、体が動かぬ……。奴の術を解けぬ……〟

切れかかった意識の中、十四郎の眼には、異国の土しか映らなかった。

〝無念……〟

もはや十四郎は、抗うことなく屈辱的な死を受け入れた。

「これで終いか。全く期待外れもいいところじゃ……。血の沸き立つような闘いになると思うておったのに、もはや殺す気にもなれん……。直江様には、死闘の末、殺さざるを得なかったことにして、首だけ持って行くつもりであったが、ご所望どおり、死に掛けたこの状態で、差し出すとするか……」

〝直江!!〟

朦朧としていた十四郎の意識が、その名に敏感に反応した。

〝な、直江だと……。直江……直江兼続……。あ奴がこのものを遣わした……〟

そう思うや、十四郎は目をカッと見開いた。そして、もはや、どこにも立ち上がるだけの力すら残っていないはずの己の体中に、熱き何かが湧き上がってくるのを感じた。

その時、複数の轟音が鳴り響いた。

「十四郎ー!!」

少し離れた茂みの中から、発砲後に立ち昇る白煙と共に、鬼丸率いる黒脛組《くろはばきぐみ》の一団が飛び出して来た。その中の幾人かの手には、鉄砲が握られている。

「ちぃ、邪魔が入った……」

そう言う小太郎の腕から、鮮血が流れた。黒脛組が放った銃弾の一発が、小太郎を射貫いたのである。

「貴様、何奴！」

鬼丸が、目を血走らせながら小太郎に迫った。

「霧風十四郎、命拾いをしたな……。わしは、これから常に貴様の命を狙っておる故、覚悟しておくがよい。わしは、どこにでも現れるからな。せいぜい、腕を磨いておれ……」

そう言うや、小太郎は後方に一跳びした後、風の如き素早さでその場を立ち去った。

「十四郎、十四郎、無事か！」

鬼丸が、地に倒れた十四郎を抱き抱えた。

「鬼丸殿……。危うきところを助けていただき、誠に忝うござる……」

十四郎が、肩で息をしながら、か細い声で言った。

「お主程のものが、これ程までにやられるとは……。十四郎、あの男は何者じゃ。この国のものではないように見えたが……」

「ああ、この国のものではない……。あ奴は、かつて北条に使えておった風魔党の頭、風魔小太郎じゃ……」

「何！　風魔小太郎じゃと!!」

鬼丸は、十四郎の口から発せられた名に、一様の驚きを表した。それはかつて、瀕死の仁衛門から、小太郎の名を聞かされた時の十四郎の反応と、ほぼ同じであった。

「いきなりだった……。朝鮮兵との戦いの混乱に紛れて、あ奴は襲い掛かって来た……。わしは、すぐに只者ではないことに気づき、その場より立ち去ろうとしたあ奴を、この地まで追って来たのだ……。そして倒そうとしたが……」

十四郎はそこまで言うと、受けた傷の痛みに顔を歪ませた。

「十四郎、今は何も言うな！　まずは城に戻って手当をするのが先じゃ！」

鬼丸は、すぐに手下に命じて十四郎を抱えさせ、そのまま敵の猛攻を受け続けている普州城に運ばせた。

〝何故風魔が、このような異国での戦の最中に、十四郎の命を狙ってくるのじゃ……〟

十四郎を運ぶ手下の一団を最後方から援護しながら、鬼丸はそう考えずにはいられなかった。そして、己を遙かに凌ぐ技量をもつ十四郎を、このような状態にまで追い込んだ風魔小太郎という男に恐ろしいものを感じた。

〝十四郎と風魔……。どんな因縁があるのじゃ……〟

鬼丸は、そのような不穏な思いを胸に、手下と共に朝鮮兵を悉く蹴散らしながら、退却する伊達軍に合流して、城内へと十四郎を運び込んだ。

夜半、戦闘は一端終結を迎えた。

晋州城内は、束の間の静寂に包まれていたが、時折、傷付いた将兵の苦しむ声が夜陰の中に響いた。

そのような負傷者は、満足な手当ても食料も与えられぬまま、幾日も耐え凌がざるを得ない有り様で、今夜苦痛の声を上げていても、明日の朝には事切れているということが、この一ヶ月間、毎日繰り返されていた。

城内に担ぎ込まれた十四郎も、その身分から、他のものと同じ運命を辿っても何ら不思議ではないことではあったが、その厚き忠誠心と類い稀なる技量を頼りとする政宗は、城内にある古びた馬小屋を介抱の為の場として鬼丸に与え、何としても十四郎を救うように命じた。

そうして四日目の朝、ずっと昏睡状態であった十四郎が、その目を開けた。

「こ、ここは……」

地べたに敷かれた筵に寝かされていた十四郎が、そう呟きながら起き上がろうとした。しかし、未だ視点が合わず、体を動かすことができなかった。十四郎が、敵との交戦で深手を負い、このような状態になったのは、越後から落ち延びる時以来である……。

十四郎は、己の体が、どのような状態であるのかを冷静に判断すべく、静かに目を閉じ、そのことのみに集中した。

〝左右の胸を刺された痛み……。そして左上腕と背は斬り抜かれておる……。いずれも深手……。そして、手先の麻痺に視神経の異常……〟

そう認識しつつ、動かせるところはないかと体の各部に力を込めようとしたが、意識は再び朦朧となり、十四郎はそのまま気を失いそうになった。

「気をしっかりもたれるのです！」

遠くなっていく意識の中、十四郎に呼び掛ける声がした。

〝だ、誰じゃ……〟

そう思いながら、十四郎はその右手に、わずかに握られている感触を感じた。

〝いかん！　……〟

その感触が、十四郎に意識を呼び戻した。

十四郎は、両の眼を開け、その声の主を見ようとした。しかし、すぐ側にいるそのものの顔は、二重・三重に見え、誰かとまでは、はっきりと認識することができなかった。

「十四郎様、お気づきですか……。紫蝶《しちょう》です。私が分かりますか?!」

十四郎の手を握り、語り掛けてきたのは黒脛組のくノ一である紫蝶であった。

「そ、そなたであったか……。どうしてそなたが……」

「殿より仰せつかったのです。あなた様の看病をするようにと」

「殿が……」

十四郎は、この時まで、紫蝶とほとんど言葉を交わしたことがなかった。紫蝶のことで知っていることとすれば、常に政宗の側で、女中働きをしながら、その身を警護しているということ。そして、政宗の褥の相手も務めているということぐらいである……。

秀吉は、此度の大陸渡航の為の拠点として、肥前国名護屋の地に、秀吉の京の邸宅である豪壮華麗な聚楽第《じゅらくてい》に勝るとも劣らぬ巨城である名護屋城をつくり、その周辺を諸大名の駐屯地とした。

政宗は、この名護屋城にまで紫蝶を伴い、それより先の渡航まではさせず、城に留め置くつもりであった。しかし、異国にても護衛の一人として随行したいと、紫蝶が強く願い出たことで、その意を酌み、この地まで来ることを許していた。

「十四郎殿、あなた様の体は、未だ毒が抜けきっておらぬのでしょう。無理されてはいけませせぬ」

紫蝶が、気遣うように十四郎に言った。

「ずっと、そなたが某の世話を……」

　傷を保護するように巻かれた胸の晒しを触りながら、ぼやけてしか見えぬ紫蝶に向けて十四郎が聞いた。

「はい、異国の戦場《いくさば》ですから、手当するにも十分なものはありませぬが、解毒と傷の縫合までは何とか……。ですが、毒が抜け、傷が塞ぐまでは、まだしばらく掛かります。このような場ではありますが、私ができることはさせていただきます故、どうかご辛抱くださりませ」

「か、忝うござる……」

「少しは食せそうですか」

「ああ、しかし兵糧は、もう尽きているであろう」

「はい……。太閤様から送られてくることになってはおりますが、未だ着いてはおりませぬ。ですが殿より少しばかり頂戴しておりますので、それで粥を炊きまする。しばしお待ちください。では……」

　そう言うと、紫蝶は十四郎の手をそっと放し、小屋より外に出た。

　十四郎は、何か不思議な感覚に包まれたように、ぼやけてしか見えぬ天井を見つめた。

「十四郎、気がついたか！」

そこに、大きな声を張り上げながら、紫蝶と入れ替わるようにして鬼丸が小屋に入って来た。

「お、鬼丸殿か」

「おお、そうじゃ、わしじゃ！　どうじゃ具合は！」

鬼丸が、横たわる十四郎に迫るような勢いで近づき、そのまま十四郎の傍らに腰を下ろした。

「鬼丸殿、此度は助けていただき、誠に忝うござった。既《すんで》の所で命を救われ申した……」

「いや、何の……。お主の姿が見えぬことを不審に思い、手下と共に探しておったところ、お主があのようになっておるではないか……。誠、驚いたぞ……」

鬼丸の太い声に、十四郎を想う安堵感が滲んでいた。しかし、その温かな声は、すぐに緊張感のあるものに変わった。

「しかし十四郎、あの風魔のもの……。お主をこれ程にするとは、一体どのような術を使ったのじゃ。察するに、体を麻痺させる毒を使っての」

「妖術の使い手じゃ……」

十四郎が、まだ言い終わらぬ鬼丸の言葉を遮るようにして言った。

「妖術……」

鬼丸が、眉間にしわを寄せ、十四郎の言葉を確認するかのように呟いた。

『妖術』――不可思議な術を用いて人心を惑わし、時に体の自由を奪い、時に幻覚を見せる。その特殊性から、忍術とは別の『幻術』として捉えられることもあり、常人には決して理解することは叶わぬ得体のしれぬものである。

「あ奴、体術も相当なものだが、それよりも、巧みに操るあの妖術は、容易に対処できるものではない……。一度《ひとたび》その術に掛かれば、決して解くことは叶わず、あ奴の思うがままに操られた挙句、最後はその刃《やいば》の餌食となる……」

十四郎が顔を顰《しか》めつつ、上体を起こしながら言った。

「無理をするな、寝ておれ十四郎」

「だ、大丈夫だ。次第に感覚が戻ってきた……」

十四郎は、そう言いつつ、気遣って差し伸べてきた鬼丸の手を、制止するようなしぐさで止めた。

「しかし……、お主が言うのだから、あのもの、実《げ》に恐ろしい奴じゃ……。じゃがどうして、そのようなものが、お主の命を狙ってくる？　あ奴と何か、因縁でもあるのか？」

鬼丸が、訝し気な表情で聞いた。それに対して十四郎は、少し思いつめたような顔をした後、口を開いた。

「直江だ……。上杉の執政、直江山城守が、わしの命を狙っておる……。あの男は、その直江山城の遣わした刺客だ……」

「何!? 直江山城が、お主の命を狙っているだと……」

「ああ。わしは、あ奴に命を狙われておる。それ故、故郷とも呼べる越後を落ち延びたのだ」

十四郎が、伏し目がちに言った。

「かつてお主が、越後の軍神である不識庵謙信公の下で、幾多の死線を掻い潜ってきたことは、以前より知っておったことじゃ。訳あって、その越後を出たことも左月様より聞かされておる。じゃが……、今や景勝公より越後の政の一切を任されておるという山城守より、今も尚狙われておるとは……。十四郎、お主一体、越後で何があった……?!」

鬼丸が、厳しいながらも、どこまでも十四郎を気遣うような表情で問うた。それに対して十四郎は、しばし思いに更けるような素振りを見せたのち、口を開いた。

「すまぬ鬼丸殿。話せぬことではないが、忌まわしき過去を思い出さねばならなくなる故、語らなくてよいのなら、そうしてもらえまいか……」

そう言いながら、十四郎の脳裏には、父とお千代の姿が浮かんだ。

「おお、そうか……。誰しも他人に語りたくないことの一つや二つはあるものじゃ。いやいや、申し訳ない。じゃが、命を狙われておるのじゃ。わしにできることがあれば、何でも言うてくれ」

「忝い……」

十四郎は、わずかに頭を下げた。

「それにしても、越後の忍びは軒猿であろう。いつから風魔を囲うようになったのじゃ。何か解せぬな」

「おそらく……、軒猿はこのことを知らぬ」

不可解に思う鬼丸に、十四郎が、先程から変わることのない伏し目がちな表情で言った。

「軒猿らは知らぬと……」

「如何にも……。風魔はかつて、軒猿と幾多の死闘を繰り広げた相手。決して共に働くことなど到底できぬこと……。おそらく此度のことは、直江山城個人が風魔と手を結んで仕掛けてきたことに間違いはない。軒猿はおろか、国主である景勝公にさえも、このことは伏せられておるはず……」

そう十四郎が語ったのち、しばしの沈黙が生まれた。

「すまぬ鬼丸殿……。鬼丸殿には関わりのないことを申してしもうた。忘れてくれ。わしは大丈夫じゃ」

返答に困る鬼丸を気遣うように十四郎が言った。

「いや、なあに。本に我らを頼るのだぞ。特に今は手負いじゃ。あ奴が再び襲ってきても、お主は闘えまい。どのような奴が来ようとも、我らがお主を守る故、安心して養生せよ」

そう言うや、鬼丸は十四郎の肩に軽くポンと手を当てると、腰を上げて戸口に向かった。

「おお、そうじゃ」

小屋を出かかった鬼丸が、立ち止まって振り向いた。

「紫蝶じゃが、あのもの、お主に惚れておるぞ。我が一族のものだが、なかなかできた女子《おなご》じゃ。殿の側使いではあるが、その殿が紫蝶の心の内に気づき、お主の看病をするように取り計らわれたのじゃ。おそらく殿は、お主らが夫婦《めおと》になることを望んでおるのであろう。紫蝶もいい年だが、くノ一故、側室にするわけにもいかぬ。だからと言って、このまま仕えさせて、年をとらせることも忍びない。で、あれば、好きな男のところに嫁がせることで、今まで己を支えてくれたその恩義に、少しでも報いたのではなかろうか。お主らが一緒になれば、わしとて嬉しい。どうじゃ十四郎。傷が癒え、帰国したら、祝言でもあげぬか」

先程まで厳しい顔をしていた鬼丸が、顔をにやつかせながら言った。それに対し十四郎は、余りの話に言葉を失ったが、すぐに気を取り直して「や、藪から棒に、な、何を言われる……」と、十四郎にしては珍しく、戸惑った様子で言った。

「わ、はっは……。常に冷静なお主でも、言葉に詰まることがあるのじゃな。これは愉快、じゃあ、紫蝶に甘えて早よう体を治すのじゃぞ・わっはっは……」

鬼丸は、大きな高笑いをしながら、小屋を後にした。

十四郎は、思い掛けない鬼丸の言葉に戸惑いつつも、そのまま横になり、かすむ目で天井を見つめながら、紫蝶が巻いたであろう胸の晒に右手をそっと乗せた。


九月に入ると、いきなり秀吉から、伊達をはじめとする東国の大名に対して、二ヶ月以内に帰国するようにという命が下った。

それは、日本軍の兵士の消耗が甚だしく、兵糧も尽き始めたからであったが、その一方で、八月三日に淀の方が、大坂において再び秀吉の子である男子を出産したことが秀吉の大陸侵略への興味を薄れさせ、講和交渉を進める機運が高まったからであった。

日本のみならず、明も激しい戦に疲弊していたので、この講和交渉に打開の道を求め、一端双方は矛を収めることとなった。

これにより、一年半におよぶ文禄の役と呼ばれるこの凄惨な戦いは、停戦という形で終わりを迎えることとなった。

政宗ら伊達軍は、九月十一日に釜山を立ち、十八日には名護屋に帰陣した。それに先立ち上杉軍は、八日には名護屋に戻っていた。

風魔小太郎は、兼続に十四郎が伊達の配下になっていることを伝え、この地で待ち構え、生け捕りにすることを提案したが、兼続はこれに対し首を縦に振らなかった。それどころか、十四郎を襲撃した際に、自らの名を口にして、陰で小太郎を操っているのが己であることを知られたことを、激しく叱責した。

それは、兼続が己の目的よりも、主君景勝の承知していないことにも拘わらず、これが発端となって、同じ豊臣政権下にある隣国の伊達と事を構えることになるかもしれぬということを恐れたからであった。

「よりによって、伊達に入り込んでいたとは……」

兼続は、苛立ちを隠すことなく、小太郎を前にそう一言発した。

ただ、伊達の領内において、決して十四郎を襲ってはならぬなど、兼続は十四郎の捕縛を慎重に進めるという考えに変わったが、今の小太郎は、己の意志以外の何物にも捉われない自由な漂泊のもの故、契約は結んだものの、このような命に素直に従うことはできなかった。

小太郎は、伊達軍が名護屋に帰陣する三日前から、兼続の命を無視して、再び十四郎を襲う策を周到に練り、その機を窺った。

そして、伊達軍が名護屋に入るや、すぐに行動を起こし、十四郎の所在を探ったが、その姿はどこにもなく、小太郎は一人苛立った。

通常、戦場から戻って来た軍は、その安堵感から警戒が緩むはずである。しかし、名護屋に帰陣した伊達の屋敷周辺は、異常なまでに警戒が厳しく、そのことが、より一層小太郎の神経を逆なでし、十四郎への恨みを更に深いものにしていった。

この警備強化は、鬼丸の指図によるものである。

一般の兵については、片倉小十郎の差配で、通常の警備態勢に止めてはいたが、黒脛組は鬼丸の命で人員を増やし、不審なものが一切寄り付けない程、厳しいものにしていた。これは全て、小太郎の襲撃を想定してのものであった。

ただ、敵は小太郎である。黒脛組が束で掛かっても、太刀打ちするには、余りに力の差があり過ぎる……。

よって鬼丸は、船が九州に着く寸前に、十四郎と紫蝶を小舟に移し、伊達の船団が寄港する肥前の港ではなく、筑前の博多に向かわせ、十四郎の身の安全を図った。

こうして小太郎は、鬼丸の機転によって、此度の十四郎襲撃を断念せざるを得なかったが、十四郎にとって、その脅威が無くなったわけではなく、これからこの脅威に対し、如何に対処すべきか、思案することとなった。

二

伊達の本体から姿を消してから半月後、十四郎の姿は、豊後国の山中にある湯治場にあった。

側には、紫蝶が付かず離れず寄り添い、小太郎より受けた傷の回復を願って、献身的にその介抱に努めていた。

その光景は、傍から見れば夫婦のように見えたが、紫蝶の想いに気づきながらも十四郎は決して男と女の一線を越えようとすることは無かった。

十四郎とて、側で介抱してくれる紫蝶に想いがないわけではない……。

十四郎も男であり、忍びとしても女を知らぬでは、騙し騙され命を取り合う影の世界では生きてはいけぬ故、幾人かの女人と関わりをもった。それは、色恋ではなく、生き抜く為に知り得ねばならぬことであり、単に修行の一つと言えた。

そのような一人の男である十四郎は今、一人の女に心が絆《ほだ》されていくのを自覚していた。が、しかし、そのような想いを、紫蝶が政宗の手付きの女《もの》であるという意識が歯止めを掛け、その柔らかき肌を抱き寄せるのを躊躇させた。そのことを、紫蝶も何気に感じ取り、日々孤独な想いをその心に抱き締めながら、一人寂しく湯につかった。

徐々に傷が癒え始め、軽い跳躍ならできるようになったある日、十四郎は稽古場にしていた竹林に赴いて、再び闘気術の極意をその体に呼び起こす為、静かに気を練る修行をしていた。

そこは、時より風が吹き、それにより笹が触れ合う音しかない、正に静寂の地であった。

「誰じゃ！」

十四郎が瞑目していたのを止め、鋭き眼差しで不動のまま前方を睨んだ。

「久しぶりじゃな」

そこには、腰に大小を差した長身の武士が立っていた。そして、そのものはそう言うと、被っていた編み笠を取った。

「じ、仁衛門様！」

十四郎の表情は、予想していなかった来訪者によって、驚きの色に変わった。

「ふっ、お前もわし同様、手ひどくやられたな。相手は、あの風魔者であろう……」

仁衛門が、そう言いながら近づいて来た。

「お久しぶりにござる。もう、お体はよろしいのですか」

「満身創痍のお前が言うことか……。まあ、このとおりじゃ。お主に気配を悟られずに近づけたのは、回復した証と言えるかもしれん」

少し微笑んで仁衛門が答えた。

「あれより三年……、三年ぶりでござるな。今までどちらにいらしたのです」

記憶を辿るように十四郎が言った。

瀕死の仁衛門を、家康の下に運んだのは十四郎であったが、その後、仁衛門がどのようになったかについては、家康から何も知らされてはいなかった。

「伊賀じゃ。やられる以前の力を取り戻す為、伊賀で今のお前のように養生し、その後は、ひたすら体を鍛え直しておった」

「左様でしたか。心配しておりました」

十四郎は、安堵の表情を浮かべた。

「時に十四郎、これからどうする」

仁衛門の問い掛けに、十四郎はエッというような顔をした。

「これからですか……」

「ああ、これからだ」

十四郎は、長身の仁衛門を見上げていた目を逸らし、思い詰めるような顔に変わった。

「十四郎、あのものは、これからもお前を狙ってくるぞ。おそらく今も、お前の行方を血眼になって探しておるはずじゃ。いくら身を隠しても、いずれは対峙し、雌雄を決せねばなるまい。お前たち親子に対する恨み……、お前たちの操る闘気術への恨み……。お前と共に闘気術をこの世から抹殺するまで、あのものは、その恨みを消すことはないであろう」

深刻な仁衛門の言葉に、十四郎はしばし俯いた。辺りは、先程から変わることなく、笹が風に揺れる音のみである。

「あなた様のことですから、あのものの背後におるのが誰か、ご存じでしょう……」

十四郎が、厳しい目つきで言った。

答える仁衛門の顔も、厳しいものとなった。

「ああ」

「あなた様もご存じのとおり、我が師、孤鷲翁より、己の身に付けし術は、決して復讐などに使ってはならぬと、きつく仰せつかっております。使えばその手は血に染まり、やがては修羅となって魔道に落ちると……。あの風魔小太郎と申すもの、あのもの姿こそ正に、師の言われし魔道を行《ゆ》く修羅の姿……。あのものを見て、師の言われしことを身をもって悟ることができました。わしは、あのようになりとうはございませぬ……」

そう言う十四郎の顔には、厳しさと憂いがあった。

「お前がそう思おていても、あ奴は容赦なく、お前の命を狙ってくるぞ」

「……」

答えぬ十四郎を仁衛門は静かに見つめた。

「養生しろよ。これは、忍びとしてではなく、叔父《みうち》としての言葉だ」

そう言うなり、仁衛門は十四郎に背を向け、その場を立ち去ろうとした。

「お待ちくだされ!!」

十四郎が、仁衛門を止めるように言った。

「あなた様は、あのものと闘うおつもりでしょう」

「……」

「なりませぬ！　あのものが狙っておるのは某！　あなた様が刃を交えることはありませぬ。この決着は、某がつけまするる」

そう語る十四郎の体から、闘気が湧き上がるのを感じ、仁衛門は咄嗟に振り向いた。

「十四郎……」

未だ、闘うには程遠い状態の十四郎の全身を覆う闘気に、仁衛門は言葉を失った。

〝これだけの傷を負っておるというのに、どうしてこれだけの気を発することができるのだ……〟

仁衛門は、全身にゾクッとしたものを感じた。

「某のせいで、これ以上大切なものを失うわけには参りませぬ。あのものは、某を屠るまでは、某に関わるものにも害をおよぼすでしょう。そのようなことはさせませぬ！　復讐で術は使いませぬ。大切なものを守る為、某は我が術を使いましょう。風魔小太郎……。あのものは、某が倒します。そして、それを操るあの男も……」

「じゅ、十四郎……」

仁衛門は、自らが十四郎が纏《まと》う闘気に気圧されていることを感じた。この感覚は、武人として生きてきて、かつて一度たりとも感じたことのないものであった。

そして仁衛門は、十四郎に鬼神を見た。

〝こ、これは……〟

仁衛門は、たじろぎながら後ずさりした。

「叔父上、手出しは無用に……」

十四郎が、心の迷いを振り払ったように言った。

「十四郎。お前、あ奴を倒す手立てがあるのか」

仁衛門が十四郎に問うた。その言葉に十四郎は目を閉じ、大きく息を吐いた。それと共に、十四郎の体を覆う闘気も、徐々に引いて行った。

「正直、あ奴の技を破る手立て、未だ見つけるに至っておりませぬ……。これから、襲われた時のことを思い返し、そこからあ奴を倒す術《すべ》を考えまするる」

「直江も屠るのか……」

「相手が引かぬとあれば……」

仁衛門は、心を決めた十四郎に、今までにはない強さを感じた。

「十四郎、あ奴は妖術使いじゃ。あ奴を倒すには、その妖術を破らねばならん！　お前は、幻翔《げんしょう》殿を知っておるか」

「いえ、……存じませぬ」

十四郎が、初めて聞く名に素直に反応した。

「そうか、知らぬか……。では、あ奴を倒したくば、幻翔殿に会うてみるがいい。幻翔殿こそ、お前の父と同じく甲賀七鬼……。妖術を極めた男じゃ」

「甲賀七鬼……。妖術を極めた男……」

十四郎は、〝投術の鳳次〟〝剣術の梅斬〟の二人以外に、孤鷲より現存する七鬼について伝えられていなかったので、仁衛門の言葉に気持ちが高ぶった。

「あ奴の操る妖術は、並の知識や技量で打ち破れるものではない……。打ち破れるとすれば、その道を極め、他のものが体得できぬ程の術を身に付けた達人のみ！　十四郎、幻翔殿に会うのだ」

迫るように語る仁衛門に、十四郎は一瞬気圧された。

「仁衛門様……、そのお方は、今どこにおいでか」

十四郎が、恐ろしきものに触れるような顔で聞いた。

「高野山の一角に居を構え、そこで一人仏門に帰依されておる」

「高野山……」

十四郎が厳しい顔で、日の本を代表する霊山の名を口にした。そして、少し考え込むような顔をした後、気を取り直すように、「あなた様は、これからどうなされるので？」と仁衛門に尋ねた。

「ふっ……。わしか……。わしはわしの考えで動く」

仁衛門は、一つ意味深な笑みを浮かべた後、歯切れよく答えた。

「小太郎を捜すのですね……」

「……」

仁衛門は、十四郎の問い掛けに答えることなく背を向け、その場を立ち去ろうとしたが、「おおそうじゃった」と言うと、すぐに立ち止まって振り返り、懐より文《ふみ》のようなものを取り出し、十四郎に手渡した。

「これは？」

「宗矩殿からお前にだ」

「宗矩？」

その名が出された直後、十四郎は誰のことかピンとはこなかったが、すぐにその脳裏に鋭き太刀の一閃がよぎった。

〝柳生宗矩！〟

そう十四郎が認識するや、政宗が秀吉に謁見した直後、笠懸山の山中で闘った若き剣士の姿が、はっきりと思い起こされた。

「宗矩殿は此度、殿の推挙により、正式に兵法指南役として徳川家に召し抱えられた。今は、朝鮮での戦が一段落付いた由、殿の許しを得て一時的に柳生の里に帰っておられる。お前はかつて、宗矩殿と刃を交えたことがあるそうだが、宗矩殿はやけにお前に会いたがっておったぞ。柳生の里は、高野山とはすぐ近く。ついでに立ち寄って、柳生の剣が如何なるものか、今一度その目で見てみるがよい。きっと、得るものがあるであろう。そして何より、宗矩殿が喜ぶはずじゃ……。その為にも、まず体を治せ。よいな……」

そう言うと、仁衛門は再び笑みを浮かべるや、高々と飛び上がり、大きく伸びた竹を次々と蹴って、瞬く間に奥深い竹林の中へと姿を消していった。

「妖術の使い手……、甲賀七鬼……、そして柳生……」

そう呟きながら十四郎は、再び運命の歯車が動き出すのを、心の奥底で感じ取っていた。


仁衛門が十四郎の下を訪ねて間もなく、名護屋より伏見の伊達屋敷に入った政宗の前に、紫蝶が一人舞い戻った。

「おお紫蝶、久方ぶりじゃ。十四郎は一緒ではないのか」

政宗も、過酷であった朝鮮での戦の疲れがすっかり癒えたような表情で、紫蝶を自身の居室に迎えた。

「あのお方は、戻りませぬ……」

紫蝶が、悲しみを湛えた表情で政宗に答えた。

「何、どういうことじゃ！　人目を忍んで、養生しておったのではないのか。まさか、動けぬ程ひどいのではあるまいな！」

心配と不審が入り混じったような表情をして、政宗が問うた。

「いえ、傷はかなり癒えましてござりまする。ただ……」

そう言うと紫蝶は、懐より小さく折った文を取り出し、政宗に差し出すようにして手前に置いた。

「それは？」

政宗が不審そうに言うと、その側に座していた小十郎が、紫蝶の前まで歩み寄って、その文を拾い上げ、その場で開いて目を通した。

「殿！　これは……」

そう言うなり小十郎は、その文を政宗に差し出した。

政宗は、それを受け取ると、鋭き隻眼を向けた。

「な、何と！　これは暇乞《いとまご》いを願い出るものではないか……」

政宗は、思いも寄らぬ内容に、驚きを隠さなかった。

十四郎が紫蝶に持たせた文には、越後の直江山城が、訳あって自らの命を狙っておる由、これに対峙する為、政宗の下を離れることを許していただきたいというような趣旨が、言葉少なに認《したた》められていた。

「もしや殿、十四郎は伊達に害がおよぶことを懸念して、我らの下を去る決心をしたのではありますまいか……」

小十郎が、難しい顔で言った。

「十四郎め……。余計なことに気を回しおって……。伊達配下の忍びが、上杉家の執政と事を交えることがあれば、伊達と上杉の争いになるやもしれぬとでも思おたか！」

そう言いながら、政宗は文を握りつぶした。

「あくまでも、私闘にしようとしておりまする……」

小十郎が、少し悔しさの滲む様子の政宗を見ながら言った。

「十四郎の馬鹿者め！　早まったことをしおって！　これしきのことで、わしが困るとでも思おたか！　直江山城など、必要とあらばこのわし自ら攻め掛けて、その首を上げてくれるわ！」

「殿、お静まりを……」

苛立つ政宗を、小十郎が落ち着いた面持ちで鎮めようとした。

ただ、政宗はこうは言ったものの、大名同士の争いを禁じた強大な豊臣政権下においては、伊達が上杉と表立って対立できぬことは、政宗本人が悔しい程理解していることであった。

「鬼丸、鬼丸はおるか！」

政宗が、居室に面した庭に向け、声を張り上げた。

「殿、ここに」

先程まで、誰もいなかった庭の中央に、どこからともなく鬼丸が現れ、片膝を突いて平伏した。

「鬼丸、話は聞いておったか」

「はっ。聞いておりました」

「十四郎を死なせてはならぬ。すぐに手のものを幾人か差し向け、十四郎を連れ戻せ！　連れ戻すことが叶わぬ時は、十四郎に加勢するよう申し渡せ！　このまま十四郎を死なせてはならぬ！」

政宗が腰を上げ、庭にいる鬼丸の方に歩み寄りながら厳しく言い放った。

「なりませぬ殿！」

政宗が鬼丸に命を伝えや、すかさず小十郎がそれを止めるように言った。それに対し、政宗は小十郎の方を振り返った。

「なりませぬ殿……。十四郎は、決死の覚悟で我らに害をおよぼすまいとしているのでござります。その十四郎の想いを、無にしてはなりませぬ。我らがあのものにしてやることがあるとすれば、何も動くことなく無事の生還を願うことのみ。ここは、自重されることが、肝要にござりまする」

「自重だと！」

小十郎の申し出に、政宗は不快な様子で答えた。

「恐れながら……」

そこに、鬼丸が口を開いた。

「恐れながら殿、十四郎程のものが決断しての行動にござりまする。恐らくその足取りを追うことは不可能……。事が終われば、必ずや十四郎は殿の下に戻って参りまする。十四郎が戻るまで、我ら黒脛組が殿の身をお守り致します故、お家の為、この件については、何も動かれぬよう、お願い申しあげまする……」

すぐにでも助けに行きたいという思いを内に秘めながら、鬼丸は一層深く頭を下げて政宗に懇願した。

「我らが動かぬことこそが、十四郎の望みと申すか……」

政宗はそう一言呟くと、その隻眼を天に向け、いずことも知れぬ十四郎を想った。

そして、政宗らのやり取りを黙って聞いていた紫蝶の目には、寂しく光るものがあった。

第二章　無常

一

紫蝶が伊達屋敷に入る二日前、十四郎は大坂で紫蝶と別れ、その姿は一人、大和国の山道にあった。

この山道は、永禄十年（一五六七）に松永久秀の軍が焼き払った後、無残な状態のままとなっている東大寺に程近い春日山の麓より始まっており、その険しい道を五里（約二〇キロメートル）進み続けると、そこには人を寄せ付けない隠れ里とも言うべき柳生の里が存在する。

十四郎の体は、万全ではない。上着の下は、風魔小太郎より受けし傷の上に、薬を塗った布と油紙を当てて、それを晒で固定している状態である。

そのような体でも、十四郎の健脚は普段と変わることなく、半時（約一時間）程度でこの山道を抜けた。

里に入ると、よそもの故、村のもの数名からすぐに囲まれたが、十四郎は全く抵抗せず、宗矩の名を出した。

すると、柳生屋敷で知らせを聞いた宗矩が、急ぎ十四郎が連れて来られた百姓小屋へと駆け付けて来た。

「おお、十四郎さん。久方ぶりにござる。小田原では、誠にご無礼致しました」

そう言うなり、宗矩は丁寧に頭を下げた。

四年ぶりに会うこの青年は、初めて会った時と変わらぬ、立ち姿の美しい若き剣士という印象のままであった。

「本に、久しゅうござる。此度は、徳川様の兵法指南役に取り立てられたとか。誠、仕官が叶い、ようござりましたな。その知らせをもって来られた服部仁衛門様より、御手前が某に会いたがっていると聞きおよびまして、高野山に行く道すがら、立ち寄らせてもらいました」

「高野山？　それは如何なるご用で？」

「……。まあ、会わねばならぬ御仁がおりまして」

「左様ですか……」

宗矩は、十四郎が少し考え込むような素振りを見せたことで、あまり話せぬことと察し、それ以上は聞かなかった。そして、二人の周囲にいた百姓どもに目をやると、〝もう心配ない、この場を出よ〟というように、手を振って指図した。

「よい里じゃ……」

十四郎が、ゆったりとした姿で言った。

「いつまでご逗留できますか。色々とお話ししたいこともありますので、できましたら、ゆるりとしていってくだされ」

そう言いつつ、宗矩は明るい表情で十四郎の側に腰を下ろした。

「逗留などと、御手前の顔を見ることができた故、すぐに立ち去ってもよいのだが、もしお願いできるのであれば、立ち去る前に、お父上である柳生石舟斎殿にお引き合わせ願えると嬉しいのだが……」

「父にですか……。まあ、できぬことはありませぬが、またどうして？」

「いや、特別な理由などはござらん。ただ、今や天下に鳴り響く柳生新陰流を編み出した天下無双の剣士、柳生石舟斎とは如何なる御仁か、興味があるだけにござる。御手前の剣で、柳生新陰流の峻烈さは十分分かってはおるが、できれば石舟斎殿にも、お手合わせ願えたらと思いまして……。いや、命の取り合いをしようというものではござらん。ただ、わしは一介の忍びにすぎぬが、闘いに身を置くものとして、お願いできたらと思うておるのじゃ」

十四郎が、真っすぐに宗矩を見て、内なる思いを告げた。すると宗矩は、少し考えるような素振りを見せたが、すぐに「実は……」と口を開いた。

「実は、父もあなた様に興味があるようです……」

「石舟斎殿がわしに……?」

宗矩の言葉に、十四郎が意外そうな顔をした。

「はい。以前父に、あなた様のことをお話ししましたところ、振り下ろしてくる剣を素手で断ち割るとは、並のものではあるまいと言っておりました。おそらく父も、あなた様の術を見たいと思うておりまする」

「某の術を……」

「はい、闘気術を……」

そう語る宗矩の言葉に、十四郎の眼《まなこ》は、一瞬鋭い光を見せた。

「では、我が屋敷に案内《あない》致しましょう」

十四郎が、その宗矩の言葉に誘われるようにして腰を上げると、それから二人は、あまり言葉を交わさないまま、柳生屋敷へと向かって行った。


時は未の刻（午後二時頃）、朝方から曇りがちであった空から、ちらほらと白いものが舞い降り始めた。

十四郎は、宗矩に導かれるまま屋敷の門を潜り、そのまま邸宅へと通じる歩道を左手に広がる庭を横目に進んで行った。

すると、その一畝（約九九平方メートル）程の広さがある庭の中央付近に、その男はいた――。

背筋が真っすぐに伸びた長い白髯《はくぜん》の老人。

剪定鋏を手にし、こちらのことなど気づいていないかのように、ただ物静かに庭木の手入れをする姿。

〝あれこそ、柳生石舟斎では……〟

そう十四郎が思った矢先、隣にいた宗矩が、一言「父上」と、その老人に向けて声を掛けた。

すると、その老人は、その声に応えるように横目でこちらを見ようとした。

〝!!〟

十四郎は、その老人のわずかな仕草に戦慄を覚え、懐より咄嗟に苦無を取り出し身構えた。老人の右手にある鋏が、その手から我が身に向けて放たれる幻覚を見たのである。

「十四郎殿！　父上！」

宗矩が、声を上げた。その声に十四郎は我に返った。

「い、今のは……」

十四郎は、背中に冷たいものを感じつつ、気を静めて老人を見た。鋏は、その手に握られたままである。

「感じ取られましたか。父の剣気を……」

「剣気……」

「はい。息子である某でさえも、父と稽古で剣を交える際、未だその剣気に身を固め、打ち込みが僅かに遅れてしまうことがあります……」

十四郎は、宗矩の言葉を聞きながら、真っすぐに石舟斎を見つめ、黙したまま石舟斎に向かって歩き出した。そしてその側まで行くと、片膝を突いて深々と頭を下げた。

「某、霧風十四郎と申す甲賀者にござる。卑しき身分なれど、世に名高い石舟斎殿より、柳生の武芸が如何なるものか、ご教授賜りたく罷り越した次第……。無礼な申し出と承知しておりまするが、叶いますれば、どうか某とお手合わせをお願い致しまする」

十四郎の申し出に、石舟斎は一言も返さず、二人の間に少しばかりの沈黙が生まれたが、一時するや、石舟斎がボソリと「その方……」と一言、十四郎に声を掛けた。

「その方は、剣士ではない。剣士でないものが、どうして我が剣術に興味を示す……。忍びなれば、剣術とはまた違った術の体得をめざし、修練するのが当然であろう。何故《なにゆえ》、そのような摩訶不思議なことを申すのか、そこにわしは興味をもつが、如何に……」

何も動じることなどない様子で、石舟斎が十四郎に問うた。

「我が申し出、奇妙に聞こえまするか……。では、お答え致しまする……。石舟斎殿は、かつて本能寺で信長公が討たれし折、伊賀を越えて領国に戻ろうとされていた徳川様の一団を護衛されていたはず。その最中、伊賀の山中において、明智に付く甲賀者に襲われ、そのうちの一人の腕を、斬り落としたことを覚えておいでではありませぬか」

そこまで言うと、十四郎は下げていた頭を上げ、石舟斎の目を見た。

石舟斎は、その十四郎の目に何かを感じつつ、十四郎が口にした過去の出来事を思い起こした。

「確かに、あの時わしは、一人の男の腕を斬り落とした……。後で聞いたが、あのもの、剣においては甲賀随一であったとか。もしやその方、そのものの縁者か……」

石舟斎が、訝し気な表情で十四郎に問い返した。

「いえ、縁者ではござらぬ。ただ、技を極めし甲賀随一の男を、瞬時にして倒す柳生の剣に興味があるのでござります。是非、某とお手合わせいただき、その剣技の奥深さの一部だけでも、お見せしていただけませぬか」

十四郎が、強き目で石舟斎を見つめて言った。石舟斎は、そんな十四郎を見ながら黙っていたが、その目を、二人の様子を見ていた宗矩に転じるや「竹刀を持て！」と発した。

それを聞いた宗矩は、驚いた表情で「父上……」と小さく呟いたが、すぐに引き締まった表情となって屋敷内にある道場に足早に向かった。

間を置かず。宗矩は戻って来ると、石舟斎に愛用の竹刀を手渡した。

「真剣ではござらぬのか」

石舟斎の握る竹刀をチラッと見た後、十四郎が尋ねた。と、いうのも、互いに技を極めし二人の間においては、もはや本身以外で対峙することなどあり得ぬと、闘術の達人としての感覚がそう思わせていたのと共に、石舟斎の手にした竹刀は、漆塗りの皮革袋に割竹を挿入した『袋竹刀』という新陰流独特のものだったからであった。

「その竹刀……。相手にできるだけ深手を与えないようにつくられたものとお見受け致す。卒爾ながら、そのようなものでは、某の術を封じることはできませぬぞ」

十四郎が、やや己の術に対する自負の念を口にするや、その口元を緩ませた。

「お主は敵ではなく、ただの客人。それに、我らは命を取り合おうとしているわけではない。お主は我が新陰流に、そしてわしは、お主の術に興味がある故、手合わせするだけのこと……。お主は如何なる得物を使っても構わぬが、わしはこれで十分……。この竹刀は、お主の推察通り相手に怪我をさせぬ為の作りであるが、それとはまた別に、相手の怪我を気遣わぬ分、手加減せずに相手に打ち込めることを目的に作られておるのだ……。さあ、分かったのなら、遠慮無用にて、ただ己の技量を試し合おうぞ」

石舟斎はそう言い終わると、手にした竹刀を流れるように正眼に構えた。

その姿を見た十四郎は、一瞬にして先程までの余裕の笑みを消した。

〝な、何だ。この威圧感は……〟

十四郎は、石舟斎から発せられる得体の知れぬ何かに恐れを感じた。

「お主、宗矩の放った剣を、素手にて断ち割ったそうじゃな。鋼の刃を折るなど、常人では決してできぬこと。ましてや、愚息とはいえ新陰流を操る宗矩の太刀を割るなど、闘神でなければ到底できぬ。その神技《しんぎ》、この石舟斎にも試してみるがいい」

そう言いつつ、石舟斎はジリッと、十四郎との間合いを詰めた。それに即座に反応した十四郎は、一つ後方へと飛ぶようにして引いた。

「どうした。我が新陰流が如何なるものか知りたいのであろう。さあ、掛かって来るがいい。我らの間には言葉はいらぬ。己のもつ技と術を尽くすことこそ、最も分かり合えるはずではないか。さあ、刃を交えることで、大いに語り合おうぞ」

その言葉を言い終えるや、石舟斎はそのまま黙して、更に十四郎に対して間合いを詰めた。その動きに対し十四郎は、一度懐に仕舞った苦無を取り出しながら、右左に立ち位置を変えて、斬り付ける隙を探った。だが、それ自体が既に、相手に封じられていることを、十四郎は即座に理解した。

〝壁を崩せぬ……〟

十四郎が、どのように立ち位置を変えても、石舟斎はそれに自然とも思えるような動きで対応して、十四郎を何もできぬ状態にしてしまっていたのである。

〝相対峙したその時既に、わしは石舟斎の術に嵌っていた……〟

十四郎は、そう思いつつ、このまま斬り掛かれば、瞬時に己の小手が打ち抜かれる様をその脳裏に見た。

〝ならば……〟

覚悟を決めたような表情に変わった十四郎は、右手に握った苦無を再び懐にしまった。そして、静かに目を閉じると、大きく鼻より息を吸った。そして、防御の形を崩し、そのまま無造作に石舟斎に向かおうとした。

その矢先、その十四郎の姿を見た石舟斎の目が、鋭さを増した。

「死中に活を見出すか」

〝!!〟

石舟斎がそう呟くや、十四郎は石舟斎に飛び掛かろうとする足を止めた。

「あえて敵の間合いに飛び込むことで、その剣を誘い、それを闘気術によって粉砕して、敵の攻撃を無力化させるか……」

その石舟斎の言葉に、十四郎は全ての動きを止め、そして次の瞬間、自分でもなぜそう言ってしまったかも分からないまま、ただ一言「参り申した」と呟いた。

それは誠、無意識から発した一言であった……。

石舟斎は、十四郎の言葉を受け入れるようにして、構えた太刀を静かに下ろした。

「闘いにおいては、時として命を投げ出すことで、生を拾うこともある。しかし、そのような無謀な賭けともとれる戦法では、確実な勝ちを拾うことは難しい……。己の命は己だけのものではない。あえなく命を散らせば、お主を待つものの瞳を、悲しみで曇らせるであろう……。我が流派は、一つの命に拘り、己も敵も、そしてその背後にいるものら全てを想うて剣を振るう。よって、その奥義は、相手の戦意を失わせ、無益な命のやり取りを避けるところにある。言わば、人を殺すのではなく、人を生かす為に振るう剣。お主が知りたいと思うた柳生新陰流は、斬らず、取らず、勝たず、負けざる剣。そういう剣であるが、少しは感じてもらえたかな……」

……巨大であった。決して威圧的でもなく、物静かに語るこの白髯の老人に、十四郎は、得体の知れぬ大きな何かを感じた。ただ対峙しただけで、圧倒されてしまうこの老人の力に、己には成す術がないことを、武人の感が、容易に感じとらせた。

「一つの命に拘る、人を生かす為の剣……。活人剣……」

十四郎は、何やら複雑な思いに駆られた。

「かつてわしは、伊賀の山中において、あの甲賀者の腕を斬り抜いた。それは、あのものが、容易に倒すことが敵わぬ程の達人であることを瞬時に見抜いたからじゃ。だからわしは、あそこまでせねば、あのものを制圧することはできなかった……。残念なことに、あのものの命は奪うことにはなったが、あれにより、他のものの命を救うことができた。これもまた活人剣の極意。分かってもらえるかの……」

この乱世において、命のやり取りは、生きる為に至極当然な行為であった。しかし、目の前にいる老人は、人を生かす為に剣を振るうと言う。

十四郎の耳には、父十左衛門が、死ぬ間際に言った言葉が蘇った。

〝十四郎よ、男は、自らの誇りや大切な人を守る為に、嫌でも戦わねばならぬ時がある。じゃが、時として、戦いに至っても、その場の状況に応じて引くことを選択せねばならぬこともある……。十四郎よ、命を粗末にせず、強い男になれ。わしは、天からいつもお前を見守っておるぞ……〟

「誇りや大切なものを守り、己の命も大切にする……」

相次ぐ闘いの中で、忘れかけていた父の想いが、十四郎の中で蘇っていった。

「父上！　そのものが、宗矩の太刀を折ったという甲賀者ですか！」

少し甲高い声が、父への想いに浸っていた十四郎を現実に戻した。

「姉さん！」

宗矩が、思わずといったような感じで叫んだ。十四郎が、その宗矩の視線の先に目をやると、スラリとした細身の女が、道着に身を包み、右手に袋竹刀を握って立っていた。

「これ！　何だいきなり。客人の前ではしたないではないか！　お前は道場で稽古を積んでおれ！」

石舟斎が、強い口調で、その女に向かって叫んだ。

「父上、そうは参りませぬ。我が柳生新陰流の剣士が、忍び風情に太刀を折られたなどあってはならぬこと！　できぬ弟の恥は、この姉である私が晴らします」

そう言うなり女は、女子《おなご》とは思えぬような素早さで十四郎に向かって来ると、そのまま竹刀を上段より下ろそうとした。

〝バキィィィン!!〟

振り下ろされてくる竹刀を受け止めようと、思わず出した十四郎の掌が竹刀に触れるや、その竹刀の表面を覆っていた皮が引き裂かれ、中の竹刀も木っ端微塵となって、女の頭上で大きく飛び散った。

〝!!〟

その様子に石舟斎は、わずかに目を見開いた。そして、竹刀をバラバラに砕かれた女の方は、何が起きたか分からぬまま体勢を崩し、そのまま前のめりに倒れそうになった。

それを十四郎は咄嗟に受け止めると、右膝を突き左腕で抱き抱えた。

「すまぬ……。受け止めるだけのつもりが、思わず溜めた気を発してしもうた……」

そう言う十四郎を、女は抱き抱えられたまま、茫然自失といったような表情で見つめた。

「初《はつ》、何たることを！　十四郎とやら、娘がとんだ無礼を……。どうかお許し願いたい。宗矩、初を部屋に連れて行け!!」

「あ、はい父上！」

そう答えると宗矩は、女を十四郎の腕から預かると、一礼して屋敷へと支えながら連れて行った。

「本当に、済まぬことを致し、面目次第もない……。あれは、初といって、わしの一人娘じゃ。早ように母を亡くし、男手一つで育てた故、あのようなじゃじゃ馬に育ってしもうた。どうか、ご容赦あれ……」

「太刀筋は、さすがに石舟斎殿の娘子。並の剣士などでは到底およばぬ程の鋭さをもってござる」

一人の父親の表情を見せ、謝罪する石舟斎に対し、十四郎は淡々とした感じで返した。

「いやいや、恥ずかしいかぎりじゃ……。おお、それより、遠路この柳生の里においでになったのであろう。類い稀なる闘術の使い手に、もてなしの一つでもせねば、この石舟斎、恥の上塗りじゃ。悟られぬようにしておるようじゃが、所々体に傷も負っておる様子。しばし当屋敷にて疲れと傷を癒されるがよい。あとは宗矩に任せる故、ゆっくりしていかれよ」

石舟斎の目には、十四郎への気遣いの念が現れていた。

「忝うござる……。せっかくの申し出ではござるが、某は卑しき忍び風情……。あなた様のようなお方にもてなしを受けるなど、身分不相応にござる……。本日は、某のようなものの申し出を聞いていただき、誠に忝うござった。某はこれにて失礼仕る。それでは……」

十四郎はそう発するや、小さく頭を下げ、その場を速やかに立ち去ろうとした。

「待たれよ。わしに恥をかかせないでもらえぬか」

石舟斎はそう言うや、再び宗矩を呼び付け、遠慮する十四郎を無理やり屋敷へと連れて行かせた。その石舟斎の目は、当代随一の剣豪とは思えぬ温かなものであった。しかし、その目を足元に散乱した竹刀の破片に向けるや、その表情は一変し、何者も寄せ付けぬ程の剣士のそれとなって、黙ったままその破片を一つ拾い上げた。

〝闘気術……。体内に宿る気の力……。生の力、いや、命の源となる力とでも表すのがよいのか……。その力を自在に操り、闘術への応用を可能にした戦闘術……。自らの感覚を、過酷な修行によって研ぎ済ますだけ研ぎ澄ませねば、決して体得できぬ奥義……。わしも、五十有余年もの長きに亘って剣の道を究めてきたが、そのわしでも到底到達できぬ境地に、あのものは……〟

石舟斎の目に厳しさが増した。

「話以上じゃ……」

その後、石舟斎は黙ったまま、しばらく手にした破片を見つめ続けた。

日も暮れ、十四郎は宗矩に案内されるまま、宗矩の部屋で酒を酌み交わしながら武術に関することはもとより、諸国の世情についてや、従軍した朝鮮の役に関することなど、様々なことを、時を忘れて語り合った。それは、時折笑い声が外に漏れることもあったので、まるで昔から深く信頼し合った友が、心を通わせているようであった。

その楽し気な二人の様子を、庭を挟んで対面している部屋の障子戸の影から見つめる一つの人影があった。それは、庭でいきなり十四郎に竹刀を振り上げた初であった。

「霧風十四郎……」

初は、そっと十四郎の名を口にしながら、十四郎の姿を思いつめたように見つめた。

この日、父と娘双方に、十四郎の存在が、それぞれ別の形で強く印象付けられた――。

翌朝、十四郎は高野山へ向け、柳生屋敷を後にすることにした。

宗矩に礼を申し、門に向かおうとした矢先、初が十四郎を呼び止め、昨日のお詫びに茶を所望したいと申し出た。

十四郎は、「お構い無用」と、一度は断ったが、どうしてもという初に押し切られる形で、一服いただくこととなった。

茶道具のある座敷に繋がる廊下を、初を前にして歩く十四郎であったが、昨日の道着姿と違い、鮮やかな小袖を纏った初の後ろ姿に、心なしか昨日には無かった不思議な感情を覚えた。

細身でスラリとしたその姿は、まるで百合の花の如くであった。

初が茶を点てている間も、十四郎はただ黙したままその姿に見入っていた。

茶釜から湯を掬う酌を持つその所作は、指先まできれいに伸び、独特の美しさを醸し出していた。

やがて、「つたない手前ではありますが……」と、初が一言言い添えて、十四郎の前にそっと茶を差し出すと、十四郎は、ハッと我に返るような顔をして、ぎこちなく「頂戴致します」と言って、そのまま茶碗を両手で摑み、荒っぽく飲み干した。

その姿に、初はコソッと笑みを零した。

この時の茶の味は、十四郎にとって、決して忘れえぬものとなった。

二

高野山――。そこは、真言宗の開祖である弘法大師空海が、弘仁七年（八一六）、この地に金剛峯寺を開いて以来、真言密教の聖地となっている。
周囲を一〇〇〇メートル級の山々に囲まれた標高約八〇〇メートルの平坦地にあ

り、山頂の本堂にまで連なる石畳の周りも巨木老樹に覆われているので、日中でもあまり陽が差さず、肌寒さを感じる程、深々とした空気に包まれた空間である。

この地は古来より、貴顕紳士の崇拝を受けた大霊廟であることから、奥の院には、各所領にある墓碑とは別に、足利将軍家累代の墓や、謙信や信玄、そして信長の墓所などが、立ち並んでいる。

柳生の里を出た十四郎は、その夕刻にはこの地に入り、静寂の中で一人、謙信の墓所の前に立っていた。口の奥には、微かに初の点てた茶の味が残っている。

「御実城様……」

十四郎は、そう一言呟くと、手を合わせ人知れず涙した。そこに、「お主が、十左衛門の倅か……」と言いつつ、一人の僧が背後より近づいて来た。

十四郎は、その存在を既に気づいていたので、驚くこともなく、振り向きもしないまま「左様にござる」と一言返した。

十四郎に声を掛けたこの僧……。忍びでないものが見れば、ただの坊主にしか見えないが、十四郎には、そうではないことが、気配を捉えた位置と近づいて来るその足の運びなどから分かっていた。

「ここに尋ねて来るであろうと、仁衛門から知らせは受けておった……」

そういうその僧の顔も言葉も、非常に穏やかなものであった。

「甲賀七鬼、〝妖術の幻翔〟殿ですね……」

十四郎は、謙信の墓所を見つめたまま言った。

「甲賀七鬼……。懐かしい響きじゃ……。久しぶりに耳にした……」

そう述べると、その僧は十四郎の横に立ち、そのましゃがんで瞑目し、数珠を手にして、謙信の墓で合掌した。

「何故、仏門に……」

十四郎が、わずかに聞こえるくらいの声で教を唱える僧に問い掛けた。するとその僧は、教を読むのを止め、静かに立ち上がった。

「かつての私のことを聞いて、この地にまで会いに来たのだろうが、今の私は、力にはなってやれぬ。私はとうに、修羅の所業より脱し、仏門に帰依しておる身……。当てが外れて申し訳ないが、謙信公の菩提を弔われたら、この地より立ち去るがよい。この地には、血の匂いのするものは、似つかわしくない故な……」

そう一言申すと、その僧は来た道を戻り始めた。

「待たれよ！」

十四郎が、一、二歩歩み出したその僧を呼び止めた。その声に僧は、歩みを止めた。

「服部仁衛門様より、あなたは父十左衛門の盟友であったと聞きおよんでおります。

その父は十六年前、越後の宰相である直江山城の謀により命を落としました。そしてその凶刃は今、某に向けられておりまする！」

十四郎は、強き口調で、僧の背に向けて言い放った。

「……霧風流甲賀闘気術……。お主はその印可を受け、今や若き甲賀七鬼の一人であろう。如何なるものから狙われようとも、そう容易くは殺られはしまい。掛かる火の粉は、その凄まじき術で、返り討ちにできよう……」

僧は、振り向くこともせず、淡々と語った。その返答に、十四郎はやや俯くと、その場で上着を脱ぎ、体中を覆う血のにじんだ晒姿となった。

「直江は、ある妖術使いを雇い、某を朝鮮の地で襲わせました。某も応戦しようとしましたが、敵の術に嵌り、防御一つできぬまま、このような有り様となりました……。その時はかろうじて仲間に助けられましたが、再び襲われれば、あのものの術を避ける手立てがない故、忽ち命を取られましょう……。あなた様は、甲賀きっての妖術使い。かつてその術で、幾人もの要人を、誰にも気づかれることなく闇に葬ってきたと、仁衛門様より聞きおよびました。あなた様なら、敵の術《じゅつ》を破る術《すべ》をご存じのはず。どうか某に、その術《すべ》を伝授していただけませぬか。このとおりにござる」

十四郎はそう言うと、僧の背に向け深々と頭を下げた。

「闘気術の使い手が、たった一人に、それ程の傷を負わされるとは……」

僧は、振り向くことなく、十四郎の姿を見ないままであった。しかし、十四郎の体から発せられる血の匂いから、どれ程深い傷を受けているのかを、この僧は容易に察した。

「私はもう、醜き殺し合いなどに関わりたくはない。私はとうの昔に己の術を封印しておる。妖術の術者は、私以外にもおるはずじゃ。他を当たられるがよろしかろう……」

そう言うや、その僧は、再びゆっくりと歩みを始めた。

「わしを狙うておるのは、風魔小太郎にござる……」

〝！〟

「風魔……」

僧は、十四郎の言葉に反応するように歩みを止めた。

「聞きますれば、あなた様も風魔には、浅からぬ因縁がおわすとか……。どうでしょう、お力をお貸し願えませぬか……」

風魔小太郎――。この名が、この僧の脳裏に忌まわしい過去を呼び起こした……。それは、女・子供も含めた、幾重にも重なる村人の死骸が広がる無残な光景であった……。

それはかつて、この僧が、忍びとして駿河・遠江の大大名である今川に仕えていた折のことである。

この僧は、北条との諍《いさか》いの中、北条軍の立て籠もる村を殲滅せんと、村中に妖術による罠を仕掛けた。

しかし、それを風魔党に見破られ、殺すはずのない罪なき村衆を誤って死に追いやることとなった……。

それ以来この僧は、その惨劇を忘れることができず、忍びを辞め、そのものらの魂を慰めるべく仏門に帰依するに至った。

風魔の謀に嵌り、殺すはずもない命を奪ってしまったあの日……。この僧の前には、高笑いする小太郎の姿があった……。


「風魔……」

僧が、漏らすようにして言った。

「小太郎は、十左衛門が倒したのではないのか……」

続けて口にした僧の言葉に、先程までの穏やかさが消えていた。

「父が倒したのは、先代の小太郎でござる。今、某を狙ろうておるのは、その息子である三代目風魔小太郎……」

「三代目……」

十四郎は、厳しい表情で僧に近寄り、そのまま向かい合うように僧の正面に立った。

「北条征伐の後、風魔党はその姿を忽然と消しました。それは、その存在自体が初めから無かったかのように……。その足取りを、秀吉子飼いの伊甲衆が探りましたが、全く足取りは摑めませんでした……。ですが、その風魔の頭目が、朝鮮での戦闘の最中、突如として某を襲って参りました。直江山城の手先として……」

十四郎の体に巻かれた晒が、その闘いの惨さを悟らせた。

「越後には、軒猿がおろう。風魔が雇われるなど、到底思えぬが……」

「風魔は、上杉の忍びではござらん。某を始末する為に、直江が独自に雇ったものと思われまする。当主景勝様も知らぬ跡目相続の真相を某が知っておる故、それを家中のもの全てに隠す為に、直江が極秘で風魔を使っておるでござりまする」

「秘密を知るお主一人を抹殺する為に、当主はおろか、影に働くものらをも欺くか……」

僧は、手にした数珠を強く握り締めた。

「天下に知られた名宰相、直江山城守は、我ら影のものをも凌ぐ修羅の顔をもってござる……」

十四郎の表情は、それまで以上に厳しいものとなった。

「跡目の真相……。そのようなもの、さっさと流布してしまえば、お主に手を出しても、無駄なこととなろう」

「いえ、直江程のものなれば、噂などかき消す術《すべ》を心得ておりましょう。恐らく一番恐れているのは、わしが景勝様の前に現れ、直接事の真相を語ることだと思われます」

「そうするのか……」

「いえ、今更このようなことを景勝様にお話ししても、上杉家中を動揺させるだけで、誰の益にもなりませぬ。父の仇を討つことも、修羅の道に落ちるだけと、師である孤鷲様に固く戒められております……。わしはただ、直江が我が命を狙ってくるのであれば、それに立ち向かい、この哀しき因果を断ち切りたいと思おておるのみにござりまする」

「哀しき因果……」

　僧は、その言葉を己の内に呑み込むように呟いた。

「風魔小太郎を退けた後は、山城守まで消し去るのか？」

「風魔を倒し、そこで直江が手を引けばそれでよし……。しかし、その後も執拗に我が命を狙ってくるのであれば致し方ありません。父が守りし上杉ではありますが、その要となっておるあのものの命、頂戴致しまする……」

　決死の様相を見せる十四郎を前にして、その僧は一つため息を漏らした。そして一言、「暗殺術は教えぬぞ」と呟いた。

　その言葉に、十四郎はハッとした顔をした。

「私はもう、如何なるものの命も奪いたくはない。よって、人を殺める術は、どのような理由があっても、誰にも伝授することはない。ただ……、このままでは、消え行《ゆ》く命が目の前にあるのであれば、それを救うのも仏の道。風魔の妖術より己を守れる術であれば、お主に授けよう。それでよいか……」

　そう言うと、僧は険しい視線を十四郎に向けた。

「己の命を守る……」

　その時、十四郎の脳裏に、昨日石舟斎より賜った言葉が過った。

〝一つの命に拘る……〟

　常日頃、命の駆け引きの場に身を投じる忍びは、己の身の保証など構うことなく、任務の遂行にあたる。だが、この僧も石舟斎も、十四郎の身を案じ、死ではなく生の大切さを解いた。

〝そう言えば……〟

　十四郎は思わず、幼き頃の記憶を呼び起こした。

それは、「わしは、お前を敵に殺られぬ強き忍びにする為、あえて過酷な修行を積ませるのだ」と説く父の姿であった。

父、石舟斎、そして今、目の前に立つ一人の僧……。

生と死の狭間に身を置き、その何たるかを悟った三者が共に、十四郎の命を案じ、生きるということのかけがえのなさについて解いていることに、十四郎は期するものを感じた。

〝生きねばならぬ……〟

その時、今まで命を省みず死線に飛び込んできた覚悟とは別の感情が、十四郎の中に芽生えた。

「十左衛門の倅……。名は？」

「じゅ、十四郎にござる」

「そうか……。私は今、宗心《そうしん》と名乗っておる。これより我が寺に案内《あない》致す故、付いて参れ」

「はい……」

そう返答すると、十四郎は上着を整えながら、黙って巨木老樹の中に繋がる細い小道の奥に、宗心に連れられるようにして消えて行った。

これより数年の間、十四郎は高野山麓にある宗心の寺である済念寺にあって、対風魔を意識した修行をする傍ら、仏の教えにも触れることとなった。

この間、その所在は誰にも悟られることが無かった為、十四郎の人生において初めて、仏と向き合う心静かな時を送ることとなった。


こうして、十四郎が世俗より離れた日々を送る一方で、秀吉政権は、朝鮮出兵を一まず止めた後も、その暴挙は留まるところを知らなかった。

文禄四年（一五九五）になると、秀吉は、関白職を譲っていた甥の秀次に謀反の疑いを掛け、左大臣・関白職を奪い、高野山へ追放した七日後には切腹させて、その命を絶った。そして、その首を賀茂の三条河原に晒すと、その前で、秀次の妻妾と子供ら三十九人全員を、見せしめの為に処刑した。

十四郎は、秀次が高野山に送られた際、厳重な警備もわけなくすり抜けて、秀次の様子を窺ったが、秀吉の言い付けを守らぬ愚鈍なものという風評とは違って、非常に穏やかな人物のように見えた。

実際、宣教師であるルイス・フロイスも、その記録の中で、「秀次は、若年ながら深く道理と分別をわきまえており、謙虚であり、短慮性急ではなく、物事に慎重で思慮深かった」と評しており、その行政手腕も、所領であった近江の町おこしに尽力したり、現在の人口調査にあたる『人掃令』を進めたりするなど、なかなかのものであった。

では、なぜ関白としての責務を果たす力のある秀次を秀吉は忙殺したのか……。

それには、正親町上皇が亡くなられた時、その諒闇《りょうあん》（天皇の喪）の最中、秀次が鶴の肉を食べたり、鹿狩りに行った比叡山で僧侶に獣の肉を食わせたりしたことで、巷から『殺生関白』と揶揄されたことだけでなく、正室の連れ子に手を付けた際には、『畜生関白』とあだ名されるなど、目に余る行為があった為であった。

最終的には、謀反の疑いまでもが出てきたからだと判断されるが、その内情は、実の子である拾丸《ひろいまる》に跡を継がせたい秀吉が、秀次を邪魔に思い、それを察した石田治部ら奉行衆が、自らの権力を高める為、秀次の謀反をでっち上げて起こした権力抗争が、その実であった。

秀吉政権の暴挙は、これだけに止まらず、翌年の慶長元年（一五九六）に、イスパニア船のサン・フェリペ号が漂着した際には、同船の水先案内人とのやり取りの中で、キリスト教の布教が日本征服の手始めであると受け止めると、天正十五年（一五八七）に出されたバテレン追放令以後も布教を止めなかったキリスト教宣教師六人と日本人信者二十人を京で捕らえ、その耳を切り、首に縄をかけ、伏見、大坂、堺を引き回した後に、長崎で十字架に掛けて処刑した。

更に慶長二年（一五九七）には、明国との和平交渉において、明国皇帝からの回答に激怒した秀吉は、再び朝鮮に向けて十四万を超える兵を派遣し、軍事行動を開始した。

この再出兵にあたって秀吉は、手柄とする首を輸送するのは大変であるから、鼻をもって首一つに代えるとした。

記録によると、日本に送られた鼻の数は、九月二十六日だけでも、女・子供のものを含めて一万個を超えており、総数にすると、五万以上の鼻や耳が送られてきたことが分かる。これにより、朝鮮の人口は戦前の二割弱にまで減ったと共に、朝鮮攻めが終結した数十年後も、朝鮮には鼻の無いものが、たくさん存在することとなった。要するに、生きた朝鮮の人々からも、鼻を切っていたのである……。結果、日本軍が兵を退くまで、両国共に無益な戦で多くのものが命を散らすこととなった……。

ただ一人の天下人の狂気により、幾十、幾百、幾千、幾万もの命が散っていく様を、十四郎は仏を前にして、思いに耽った。

「世は、無常なり……」

そう呟くと、十四郎は一人手を合わせて瞑目し、多くのものたちの為に、ただひたすら、その魂が安らかならんことを祈り続けた。

第三章　動天

一

「はい、お世話になりました」

　未だ夜が明けきれぬ済念寺の山門で、十四郎は宗心に深々と頭を下げた。

　二人のみしか存在せぬその場所は、周り一面静寂が広がり、まだ春になりきらぬ空気の冷たさが、わずかばかり肌を刺すような、深とした寒さであった。

「行《ゆ》くか……」

「高野山は、人の出入りを秘することが常とされておる故、これまで風魔に居場所を掴まれなんだが、山を下りれば、如何にお主と言えども相手は風魔。いずれは居場所を掴まれるであろう。くれぐれも用心して、命を粗末にするでないぞ。拙僧はこの地にて、お主の無事を御仏と共に祈っておる」

宗心が、十四郎を案じるように言った。それに対して、十四郎は少し頷き、「忝うござる。忍び故、命のやり取りを避けることは叶わぬでしょうが、ここで学びし教えを心に留め、あらゆる難に対処していくつもりでござる」と、真剣な面持ちで返した。

「そうか、風魔は謀を得意とする。決して侮るでないぞ。私と同じ過ちを犯してはならん。よいな」

「はい、しかと肝に銘じまする」

十四郎は、より真剣な顔で返した。

「……これ以上、何も言うまい。達者での」

「はい、宗心様も……」

「うむ」

宗心はそう答えると合掌し、十四郎に対してゆっくりと頭を下げた。

「では……」

そう言うと、十四郎は一礼した後身を翻し、振り返ることなく黙って寺に繋がる石段を足音をたてることなく下りて行った。

〝死ぬるでないぞ……〟

宗心は、朝霧の中に静かに消え行く十四郎の背を見つめながら、これより再び修羅の巣食う地に帰って行《ゆ》く男の行《ゆ》く末を案じ、その無事を神仏に祈った。

十四郎が、宗心の下を去ってから二ヶ月後の慶長三年（一五九八）五月初旬の京・大坂。

そこでは、主だった諸将による不穏な動きが交錯していた……。

それは、伏見城内で端午の祝いを受けた秀吉が、その後間もなく体調を崩し、寝込む事態となったことが、全ての発端であった。

秀吉は、この時既に六十二歳という老齢となっており、三成ら豊臣政権の中枢を担うものらは、秀吉が六十を過ぎた頃から、秀吉が寝小便を垂れるなど、その衰えを感じ始めたことから、秀吉亡き後の豊臣政権を如何に維持してくかということを意識して、その手立てを模索していたし、片や、戦国の業火を未だその隻眼に宿す伊達などは、秀吉没後、再び世が乱れることを望み、そこに付け込んで、天下を豊臣よりかすめ取らんと画策していたのである。

秀吉の加減は、三成が願っていたのとは裏腹に、思わしいものではなかった。

寝込むようになって間もなく、秀吉を診た薬師は、その病状を痢病（激しい下痢を伴う病気）と診断したので、周囲のものらは、さほど重症と捉えずにいたが、次第に容体は悪化していき、七月上旬には、人事不省の昏睡状態となった。

その後、何とか持ち直した秀吉ではあったが、床より出ることは叶わなくなり、七月下旬には血と共に胆汁を吐き、激しい痛みに見舞われ、当の秀吉自身も、自らの死が近いことを予期せずにはいられぬこととなった。

死を前にした秀吉の最大の懸念は、未だ六歳である世継ぎの秀頼（慶長元年に、拾丸が禁裏で元服した後、藤吉郎秀頼と称した）に諸大名が従い、豊臣政権が揺るぐことなく安定したものであり続けるかという唯一点に注がれた。

そうであるから秀吉は、秀次を切腹させた文禄四年の時点で既に、諸大名に対して秀頼に忠誠を誓わせる起請文を提出させ、特に政権内の重鎮であり東西の勇であった徳川家康と毛利輝元・小早川隆景には、連署で誓詞を提出させることで、東国は家康、西国は輝元と隆景が分担し、前田利家と宇喜多秀家は秀頼の後見となって補佐するという体制を確立させた。その直後に制定した『大坂城中壁書』では、大名間の勝手な婚姻や盟約を禁じるなどを定めて、豊臣政権による中央集権体制をつくりあげてはいたが、此度、自らが病に倒れ、自らが没した後のことを憂いた秀吉は、回復して間もない七月十五日には、改めて諸大名に対して秀頼に忠節を約する血判状を提出させ、翌八月に入るとすぐに、政権を担う宿老格の徳川家康、前田利家、毛利輝元、宇喜多秀家、上杉景勝からなる五人と、法務や財務の執行を担う石田三成、前田玄以、浅野長政、増田《ました》長盛、長束《なつか》正家からなる奉行衆五人に対して、双方の間で誓書を交わすよう命じた。

これには、大大名である五人の宿老、特に家康の権力拡大を懸念した秀吉が、それを抑える為に、自らの一門と譜代である五人の奉行衆に、これを監視させるという意図があった。

早速、命を受けた五人の宿老と五奉行が、伏見城の広間に介して、それぞれの誓書に署名した後、その交換の儀が取り計られた。

「以上をもって、誓詞の交換と致しまする。これより後は、何事も我ら十人の合議によって決め、秀頼様をお支えしていくこととなりますので、各々《おのおの》方、この旨、努々《ゆめゆめ》お忘れなきよう……」

此度の儀を取り仕切るよう、秀吉より直に命を受けていた三成が、念を押すような口ぶりで言った。

これに対し、そこに居並ぶ諸侯は皆、口を横一文字に固く結び、厳しい表情によって、異論のなき旨を指示《さししめ》した。

「では、誓詞が交わされたこと。すぐに殿下にお伝え申しあげまする。では、本日はこれにて……」

そう申して三成は、軽く会釈した後に、誓詞を丁寧な手付きで盆に載せ、それを手にして腰を上げようとした。

「しばし待たれよ」

太く貫禄のある声が、その場を立ち去ろうとする三成の動きを止めた。

三成は、とっさに声の主の方に、鋭い視線を向けた。

「内府《だいふ》様、何か？　……」

『内府』とは、右大臣・左大臣の代理を務めた内大臣の唐名《とうめい》であり、この頃には皆、家康をこの尊称で呼ぶようになっていた。と、申すのも、家康は慶長元年五月八日に、内大臣に任じられ、正二位に叙されたので、武家においては、太政大臣従一位の秀吉に次ぐ官位にあったからであった。

「治部殿、我らはこれより、力を合わせて秀頼様を盛り立てていこうと、今正に誓い合《お》うたもの同士。そのように、そそくさと立ち去らんでもよかろう。しばし、よもやま話でもしてゆかぬか」

常に気を張っているような印象を周囲に与える三成とは対照的に、いつ何時も余裕の表情を見せる家康が、親しみを込めるようにして言った。

「折角の申し出ではございますが、某は誓詞が無事取り交わされたことを、急ぎ殿下に報告せねばなりませぬ故、この場は失礼させていただきまする」

そう言って、三成は腰を上げ、退席しようとした。

「その急ぎ様、そんなに殿下の容体は悪いのか！」

〝!!〟

その家康の言葉に、三成は動きを止めた。

「急ぎ報告せねば、殿下のお命は危ういのか！」

家康の、先程とは全く違う鋭い眼光が、三成に突き刺さるように向けられた。

「そっ、そのようなことは……。ただ某は、お役目を果たそうとしておるまで……。

殿下は、日に日に快方に向かっておりまする……」

三成が、少し引きつったような表情をしながら答えた。

「何、快方に向かわれておるとな……。わしが伝え聞いた話では、粥も召しあがれぬ程弱られているということであったが、それが真であれば何より。まずは、一安心じゃな」

そう申す家康の言葉に従うように、その場に列していた利家はじめ他の四人の宿老が、「それは、ようござった」と口々に申しながら、相槌を打った。

「ところで……」

家康が、間を置かぬように三成に問うた。

「朝鮮の情勢、こちらは芳しくないようじゃが、殿下は如何にお考えなのか、そなたは聞いておらぬか」

そう言い終わると、家康は三成以外の四人の奉行衆に目をやった。すると、前田玄以が一人俯いて、家康から目線を逸らした。

「朝鮮のことについて、殿下は何も仰せではございませぬ。ただ、戦況は皆様がお聞きになっておりますように、日増しに厳しいものとなっておりまする。このことについては、日を改めまして、宿老の皆様と我ら五奉行の合議により、如何様にするか決めることが望ましいと思われます。殿下のご意向を窺って後、合議の日取りをお知らせ致しします故、しばしご猶予をいただきとう存じます」

三成が、全ての宿老に目を向けて、丁寧に答えた。

「一時の猶予とな……。こうしている間にも、戦地にいるものらは、兵糧はおろか武器弾薬も底をつき、今にも壊滅しそうな状態を必死に耐えておるそうではないか。加藤や浅野らから、直にわしに知らせがあり、そのひどい有り様を知らせてきておる。それと共に、うぬら奉行衆への恨み節が辛辣な言葉で書き記してあったぞ。早ようせねば、救えるものも救えなくなるというもの。この状況を、うぬらはどうするつもりか！　朝鮮の惨状、隠すことなく、ちゃんと殿下の耳に入れておるのであろうな！」

語気を強めながら家康が申したことは、正にこの時の泥沼化した戦地の状況を言い表すものであった。

日本軍は緒戦、慶尚道、全羅道、忠清道といった、朝鮮半島の南部を席巻し、勝利に次ぐ勝利であった。しかし、冬場に入ると、兵糧不足だけでなく、余りの寒さに凍傷で倒れるものが続出し始めた。

それでも、蔚山《ウルサン》に築いた城で戦う兵は、敵の猛攻によく耐えた。が、兵糧不足は日一日と兵らを苦しめ、飢餓に耐えられなくなったものは、やがて軍馬だけでなく壁土まで食べて飢えを凌ぐようになり、最後には、死した味方の人肉を貪り始めた……。

この地獄絵図の真っただ中、勇猛さで名高い加藤清正も、敵の総攻撃を十日程もち堪えたが、もはやこれまでと己の死を覚悟して、浅野幸長らと共に遺書を認めて最終決戦に臨んだ。

この時は、幸運にも黒田長政や毛利秀元らの援軍が間に合い、明・朝鮮軍に約二万人の損害を与え、何とか勝利を収めるに至った。これが、一月のことである……。

それから半年、戦況はますます悪化していたが、それでも在朝諸将は明日をも知れぬ異国の地で、疲弊しながらも秀吉の為に戦い続けていた――。

「朝鮮のことにつきましては、渡航させております軍目付より報告があり次第、逐一某が殿下に報告しております……」

三成が、畏まったようにして家康に答えた。

「ほう、それで殿下は、如何に仰せなのじゃ」

家康が、訝しそうに三成に問うた。

「で、殿下は、ただ某の話を聞くのみにて、黙って何も仰せられませぬ……」

そう答えた三成の言葉に、その場にいるものが皆、黙って口を噤んだ。


しばしの沈黙が広間を覆った――。


「では、これにてご免……」

三成は、そう一言発すると、そのまま一人、その場を後にした。

「殿下……」

若かりし時より、信長の下で苦楽を共にしてきた秀吉の盟友、前田大納言（利家）が、秀吉の身を案ずるようにポツリと言った。

その言葉を耳にしつつ、隣に座す家康の口元には、誰からも気づかれぬ程の僅かな笑みがあった。

二

翌日、宿老と奉行の間で取り交わされた誓詞を確認した秀吉は、五人の宿老を自らの枕頭に呼び寄せた。

瘦せ衰えて、寝台に横たわるその老人の姿には、足軽から天下人へと駆け上がった稀代の英雄の風格は、見る影も無かった。

昨日の三成の話とは、全く違うその姿に、一同はただ、驚き入る外なく、声すら出ない状態となった。

「家康、筑前（利家）、輝元、景勝、秀家……。秀頼のこと、お頼み申す……。秀頼のこと……、お頼み申す……」

秀吉が、今にも事切れんばかりのか細き声で言った。

「殿下……」

利家が、ただただ秀吉を案じるように言った。それは、身分を越え、今まで苦楽を共にしてきた友の姿であった。

「殿下、ご懸念めさるな。後のことは、我らにお任せあれ。我らで秀頼公を、立派に盛り立てて参りまする」

秀吉の心配を、取り払って差し上げねばならないと、気を回すようにして家康が秀吉に話し掛けた。

「……皆の衆、忝うござる……。秀頼のこと、お頼み申しまする……」

その後、弱り切った老人の哀れな呟きが、何度となく繰り返された……。

そこは、豪華絢爛な秀吉の寝所であったが、そこを彩る装飾が、老いさらばえた老人の姿と相反し、かえってその姿を惨めなものに感じさせるものとなっていた。


その夜、家康は自らの居室の灯台一つに明かりを灯し、ほの暗いの中で、腹心とも呼べる男と二人だけの場をもっていた。

「正信、そろそろじゃ」

「永ごうござりましたな……」

「そうさな……。本に待たされたわ。ようやくくたばってくれそうじゃ」

「ほっほっほ……。某、気持ちが躍ってまいりました。笑みを絶やすことができませぬ」

「これこれ、そのようなにやけ顔、決して外で見せるでないぞ」

「はっ……。心得ておりまする……。ふ、ふ、ふ……」

家康の前で、不敵な笑みを浮かべるこの男、名を本多正信という。

家康の重臣と言えば、かつて、影武者であった次郎三郎を家康にすり替える謀を行った酒井忠次、本多忠勝、榊原康政と、井伊直政を加えた、言わば『徳川四天王』と称される譜代武功派の面々がその代表であったが、この頃、すり替えの首謀者である酒井忠次は既にこの世になく、他の三者も主に軍事面で次郎三郎である家康を支えるのに欠かせない存在であったが、次郎三郎自身が、その知力と伊賀衆を巧みに使った敵対勢力の封じ込めによって、徳川家の中で本物の家康以上の力を手にしていくと、それに伴って、忠勝ら三者の威勢は逆に封じ込められ、いくらこのものらが事の真相を述べたとしても、それはもはや、お家の転覆を図った謀反であるとしか捉えられぬというような状態となっていた。

要するに、次郎三郎は完全に徳川家を乗っ取り、この時点で、誰からもその座を脅かされることのない、〝徳川家の主〟になっていたのである。

その次郎三郎の徳川家乗っ取りに、影で大きく関わった男がいた。それが、この本多正信であった。

正信は、本物の家康より四つ、次郎三郎より七つ年かさである。

正信ははじめ、鷹匠として本物の家康に仕えていた。しかし、永禄六年（一五六三）に三河一向一揆が起きると、一揆方の武将として家康に敵対し、一揆が鎮圧されると、大和の松永久秀に仕えた。やがて、久秀の下を去って諸国を流浪した後、本能寺の変が起きると、次郎三郎がすり替わった家康の危険を察知し、これを守る服部半蔵を介して伊賀越えに協力し、それ以後帰参が叶った。

　三河一向一揆に身を投じる以前の正信は、本多忠勝らから「腰抜け」などと揶揄され、家中でも評判が悪かった。そしてその評価は、本物の家康とて同様であった。だからこそ正信は、そのような主の下を去り、忍従を強いられていた一向衆門徒に同情の念を抱いて、助勢するに至った。その後、三河を離れはしたが、正信の故国を想う気持ちは、薄らぐことはなかった。

　そんな正信を、伊賀越え後、半蔵が次郎三郎に見合わせ、それより家康《次郎三郎》と正信の「水魚の如し」と周囲から言われる程の関係が始まることとなった。

　両者共、酒井忠次や本多忠勝らから、片や利用され、片や揶揄されたものたちである。よって、両者の徳川譜代の重臣に対する敵対心はおのずから一致し、共謀して徳川家乗っ取りを画策して、確実に実行していったのである。その過程には、この正信の謀臣としての働きが大であった。

　以前、十四郎に自らの正体を明かした次郎三郎であったが、あの当時、正信は徳川家乗っ取りを陰で密かに進めていた為、十四郎にも正信の名を出すことを控えた。実際、正信が、家康の側近として、表にその存在を表すようになったのは、小田原征伐直後の関東入部からであるので、このようなところも、次郎三郎の周到な一面を示していた。

一方の正信は、若き折に、徳川家中において疎んじられ続けていたが、その後主君となった松永久秀は、正信のことを「徳川の侍の多くは、武辺一辺倒の輩である。しかし一人正信は、容貌言行、強からず柔らかならず、物事に飾りなくまた卑しからず、尋常の器ではない」と評した。

久秀は、〝時代の梟雄〟と評された男ではあるが、時代に名を馳せたという意味では、英雄にもなり得た男である。こうして考えれば、正にこの逸話は、「英雄は英雄を知る」とも言えるものであろう。凡人では読み誤った正信の実力を、久秀はその雄なる目で瞬時に読み取ったのである。

類い稀なる謀略家である次郎三郎と正信――。

この二人は、ただの主と側近などではなく、あらゆる手段を使って目的を遂行する、悪鬼の如きものであり、それは、直江兼続と風魔小太郎の関係を、遥かに凌いでいた。

何故なら、少なくとも兼続には、たとえ悪を遂行するにも、謙信譲りの『義』の精神が、その行動の全ての基軸になっているが、次郎三郎と正信には、そのような戦国の世に似つかわしくない美学など、一切無かったからである。

〝倒さねば倒される。殺さねば殺される〟

これこそ、この二人の揺るぎない行動理念であった。


「殿、我らはこれまで、重臣連中の思惑によって、ひたすら徳川家の為に使われて参りました。しかし、今や徳川は、我らがその全てを掌握し、思うがままに動かすことができますする。我らがいなければ、今の徳川は、何一つ立ち行かぬ次第。あの忠勝ですら、我らの力を認めざるを得ず、殿を頂点として徳川が天下に覇を唱えることに異存なしと申しておりまする。太閤が臨終を迎えましたら、いよいよ我らの出番。どのような手を使ってでも、天下を手中に収めましょうぞ」

そう言いつつ、正信の少し濁った眼《まなこ》が、家康に向けられた。

「そうだな。いよいよだ。これまで、太閤に悟られぬよう、慎重に天下取りの為の布石を打ってきたが、これからは、大っぴらにやるとしよう。正信、わしはこの天下取り、とことん楽しむつもりじゃ。お主も大いに楽しめよ」

ニヤリとした表情で、家康が言った。

「はい、とことん、楽しみまする。まずは、来たるべきその時の為に、主要となるものどもに使いを馳せらせましょう」

正信も、いやらしい笑みを浮かべた。

「では、猿の築きし砂の楼閣。見事に崩して進ぜよう……」

そう呟く家康の眼光は、武士《もののふ》ではない、狙ったものの命を狙う影の住人のそれに戻っていた。


東海道　箱根を過ぎた街道筋――。

ジリジリと日が照り付け、そこを往来する人々は皆、首筋に汗を滲ませる昼日中、伏見に向け歩を速める一人の男の姿があった。

髪は短髪ながら無造作に伸びており、顔には無精髭。纏った衣服も汚れ、右手に錫杖《しゃくじょう》を突くその姿は、幾日も旅を続けている薄汚い僧侶としか見えぬものであったが、その眼光は、静かながら鋭き光を放っていた。

〝相模に立ち寄り、再び足柄山で風魔の足取りを探ったが、全くその消息が摑めぬまま伊豆も抜け、駿河に入ったか……。上杉領内にもその気配を感じなかったが、一体どこに潜んでおる……〟

背に刻まれた傷に痛みが走るのを感じつつ、その男は、風魔小太郎の姿を脳裏に浮かべた。

「小太郎、どこだ……」

男は、右手に聳える富士を見つめ、そう呟いた。

小太郎の所在を追うこの男……。その正体こそ、姿を変えた仁衛門であった。

仁衛門は、この一年余り、家康の命で中国の毛利領や会津の上杉領など、主だった大名の領国に潜入して、家中の動きなどを探り、あらゆる情報を伏見の家康の下に送っていた。

そして自らは、その務めを果たしつつ、決着を付けるべき相手、宿敵風魔小太郎の足取りを探索していた。

元来、仁衛門は当代きっての忍びの術の達人であり、その体技は、他の忍びを凌駕するものであった。よって、最もその力が発揮されるのは、戦闘の場であったが、それ以外の特質としては、潜入術にも長けているということである。

時と場合に合わせて、その身をあらゆる姿に変え、その土地に紛れ込むその能力は、戦闘能力と合わせ、見事としか言えず、伊賀衆だけでなく、他の忍びも真似できぬ程の技量をもっていた。

当時の忍びは、諸国を巡る際、その大方が僧侶の姿に身を変えた。何故なら、僧侶は俗世間と離れ、敵味方のいない無縁のものとされていたので、自由に旅ができるからであった。

よって、此度の家康からの命も、移動の際は僧の姿となって、周囲からの警戒の目を逸らしていた。

その僧侶姿の仁衛門に向かって、突如として黒き影が速度を落とすことなく飛来して来た。

〝!!〟

仁衛門は、その影に気づくと、避けることなく左腕を直角に曲げて、そのまま頭上に掲げた。

すると、その黒き影は、掲げられた仁衛門の腕に勢いよく降り立った。

「おお、銀羽《ぎんばね》！」

仁衛門の腕には、黒く艶のある羽をした一羽の烏が止まっていた。

『銀羽』とは、慶長元年（一五九六）に病死した仁衛門の兄、服部半蔵が伝書の際に使っていた半蔵所有の烏であり、今は、服部家の家督と伊賀衆の支配を引き継いだ半蔵の嫡男である半蔵正就が、父に代わり、飼い慣らしているものであった。

仁衛門は、銀羽を見上げるなり、その足に括り付けてある小さな紙を右手で解くと、そのまま振るようにして広げた。

「これは!!」

仁衛門は、そこに書かれていることに目をやるなり、驚きの表情となった。そしてその脳裏からは、小太郎のことなどかき消え、これから起こるであろう異変を、敏感に察知した。

「太閤が……」

そう一つ呟く仁衛門の目は、先程とはまた違い、一段と鋭きものに変わった。

〝事は急を要する……。まずは伊賀に戻り、殿の命がいつ下ってもいいよう、皆に支度を整えさせねば……〟

仁衛門はそう判断するや、瞬時に街道沿いの木々の中へと飛び入り、そのまま風の如き素早さで、真っすぐに伊賀をめざした。

八月十八日。秀吉の寝所――。

寝台に横たわる秀吉のすぐ側には、三成の姿があった。

「露と落ち……、露と消えにし我が身かな……。難波のことも夢のまた……夢……」

三成は涙を浮かべながら、今際の際に自らの手を握りながら秀吉が詠んだ句を口にした。

体は悲しみに打ち震え、その目は真っ赤に潤んでいた。

秀吉の体に温かみは既になく……、吐息も絶えている……。

「殿下、幼少のみぎりより、お側に置いていただき、三成は幸せにございました……。これよりは、豊家《ほうけ》の繁栄の為、某が秀頼様をしっかりと盛り立て参りまする。それを邪魔立て致しますものは、たとえそれが誰であろうとも、容赦なくこの手で成敗致しまする。どうか、天よりお守りくだされ……」

もの言わぬ冷たくなった老人の亡骸を見つめ、三成はその内にある忠誠心という名の火を燃え滾る炎へと変えた。

その脳裏には、関八州を治める巨大な男の姿がある。

〝殿下が身罷ったと知れば、必ずやあのものが天下を狙って、動き出すに相違ない……。さすれば、どう対峙するか……。このわしに、あのものに対抗できるだけの力があるのか……〟

三成は、秀吉が最も信頼を寄せ、常に側に置いた豊臣政権の要とも言えるものではあった。しかし、その石高は佐和山十九万石を秀吉より拝領されてはいるが、五人の宿老は、いずれも五十万石から二百六十万石程を有する大大名であるので、おのずとその戦力は、宿老らに遠くおよぶものではなかった。

「どうする……」

心を燃やしつつも、秀吉を見つめるその目は、その威光にすがりたいという思いが宿り、やや弱弱しく見えた。

〝宿老の内、頼りとなるのは前田大納言様。そして、唯一豊臣一門であられる宇喜多中納言様。このお二人は、一度事が起きれば、間違いなく我ら奉行衆の力になってくれよう。上杉も義に厚い家柄故、太閤殿下より賜りし恩義に報いようとするはず。何より、上杉には我が盟友直江殿がおる故、心配はない。あと、残りは毛利であるが……〟

三成は眉を顰め、心なしか難しい表情をした。

毛利家は、そもそも安芸国の吉田盆地一帯を治める国人領主に過ぎなかったが、知略に秀でた毛利元就が一代にして十三カ国を領有する中国地方の覇者となって以来、豊臣政権下で宿老の一人に列する家柄となった。しかし、その元就の孫であり、家督を継いだ輝元は、秀吉より西日本の統治を任される立場であったが、天下を保つべき器量に乏しく軽率な面があった為、直江兼続と同様、秀吉から天下を仕置き任せることができる三傑の一人として評された叔父の小早川隆景が輝元をよく補佐して、事実上の毛利家の主導者となっていた。その頼りとなる隆景が、一昨年（慶長二年六月）に六十五歳で急逝したことにより、三成としては、毛利家に対して頼るに値するのか、少なからず不信感を感じるものがあった。

「恵瓊殿と図り、急ぎ手を打たねばならぬな……」

恵瓊とは、信長の横死を予言したことで妖僧と称される毛利の外交僧、安国寺恵瓊のことである。

三成はこのように呟くと、再び物言わぬ秀吉に目をやった。

〝殿下、この三成が、必ずや豊家をお守り致しまするぞ〟

石田治部少輔三成――豊臣政権内におけるその吏僚としてのその才は、盟友である大谷刑部少輔吉継以外に並び立つものはなく、今や豊臣政権は、この男無くしては立ち行かぬと言っても過言ではない存在である。だが、加藤清正や福島正則と同様、幼きころより秀吉に仕えた秀吉子飼いの武将ではあったが、加藤ら武官派のものらとは違い、戦場においては、目覚ましい働きは皆無と言えた……。このように、武力より法度によって国を治める才覚に秀でたこの男が、今正に、豊臣に次ぐ戦力をもち、その配下のものらを老練とも言える巧みさで思いのままに操る巨大な老将に対して、刃を交えてでもその野望を食い止めるという不退転の決意に至った。

この夜、伏見城の上空には、黒く分厚い雷雲が立ち込め、天守は、稲光によってその姿を瞬間的に、そして途絶えることなく、暗闇の中その姿を不気味に映し出していた。


翌、八月十九日――伏見伊達屋敷。

昨夜から降った雨が止み、空は晴れ上がっていたが、庭の所々には、大小の水たまりが幾つもできている。

政宗はその日、秀吉が長らく臥していることから、世情不安が広がっていることを懸念し、自らの居室で小十郎と二人、今後の伊達家の対応について話し合っていた。

この時の政宗は、懇意にしていた時の関白である豊臣秀次が謀反の疑いで切腹させられた際、その謀反の黒幕と目され、三成らから詰問されると、「聡明たる太閤殿下が見誤れた秀次様を、隻眼である某が見誤るのは当然である！」と、一見開き直りとも取れる返答をして三成らの言を封じ込めると、家康に執り成してもらい、身の潔白を証明してみせたが、過去の経緯《いきさつ》も含め、秀吉より真の信用までは勝ち得ず、そのまま京に止まることを余儀なくされていた。

そうして、虚しい日々を過ごしていたこの日、居室に面する庭から、「殿……」と言う太く低い男の声がした。

「いかがした?」

小十郎が、その声に気づくや、〝何事か〟というような表情に変わって、すぐさま返答した。

声の主は、鬼丸である。

「申しあげまする。本日未明、太閤殿下が身罷ったようにござりまする……」

その言葉に、政宗と小十郎は瞬時に顔を見合わせた。そして、政宗は即座に立ち上がって、庭に面する広縁へと駆けるようにして行った。

「鬼丸、それは間違いないことであろうな!!」

「はっ！　間違いございませぬ。伏見城内に潜ませておりまする我が手のものよりの知らせにござりまする！」

庭で片膝を突き、平伏していた鬼丸が、政宗を見上げて強い口調で答えた。

「小十郎！」

「殿！　……」

小十郎も、座したまま政宗を見上げるようにして言った。

「小十郎、天が動くぞ!!」

「はっ!!」

小田原参陣以後、光を放つことの無かった政宗の隻眼が、力が蘇ったかのように、かつての輝きへと一瞬にして変わった。いや、八年もの間、野望を胸に秘めつつも、秀吉を警戒して平身低頭していた分、その光は、以前よりも増して爛々としたものであった。

その政宗の猛々しさは、今正に眠りから覚めた臥龍が、再び天へと駆け上がろうとする姿を思わせる如きものでもあった。

〝太閤、ようやく身罷ったか……。待っていたぞこの時を！　このわしが、日の本の次の主になってくれよう!!〟

政宗は、その顔に笑みを湛えつつ、内から湧いてくる熱きものを感じ始めた。

「小十郎、合議を行う。急ぎ諸将を集めろ！　それと、このことを急ぎ国元に知らせ、何事か起こった時の為に、備えをさせておくのじゃ。よいな！」

「はっ、すぐさま！」

そう返答するや、すぐさま小十郎は政宗の居室を立ち去った。

この事変に対する対応の素早さ、やはりこの二人も、若いながら家康と信正同様、天下を取るには如何に動くかを常に意識し、あらゆる手段を講じることのできる優れた主従であった。

「太閤が身罷ったこと、徳川をはじめ、おそらく諸大名の耳にも達していよう。これよりどのような動きを見せるか分からぬ。黒脛組は、引き続き城中を探ると共に、諸大名の動きにも目を光らせておくのだ。鬼丸、よいな！」

「はっ！」

「それと……」

その場より、即座に立ち去ろうとする鬼丸を、政宗がすかさず止めた。

「鬼丸……」

深い心情を表すような隻眼《め》で、政宗が鬼丸を見た。

「十四郎ですね」

鬼丸のその言葉に、政宗は小さく頷いた。

そうした政宗に鬼丸は一礼すると、素早く庭の木々の中へと飛び込み、何処へとも分からぬように風の如く消えて行った。

第四章　策謀

一

三成の動きは速い。

すぐに、五人の宿老と自らを含めた五人の奉行を伏見城に招集した。

そして、面々に対し、その場にて秀吉の死を告げた。

予想はしていたとはいえ、その報に一同は息を呑み、僅かの間、広間に緊張と沈黙が広がった。

「……治部、これからいかが致す」

沈黙を破って、前田大納言が口を開いた。

「はい。まずは、朝鮮での戦のことを考え、しばらくの間は殿下がご逝去あそばされたことを秘するが得策と考えまするる」

「殿下の死を伏せるとな！」

　輝元が驚きの表情で言った。

「殿下ご逝去の報が朝鮮に渡れば、我が軍の士気は落ち、逆に敵は勢い付きまする。そのような事態は、何としても避けねばなりませぬ。ご逝去の報が海を渡る前に、朝鮮に残りし全ての将兵を、安全に帰国させることが、まずは肝要かと心得まする」

　そう語る三成の言には、一同を抑え込むような強さがあった。

〝こ奴、変わったな……〟

　そう感じながら、家康はその狡猾な目を、正面に座した三成にやった。そうして一言、「それがよろしかろう」と一言、三成に賛同するように言った。

「では、ご葬儀はいかがするのじゃ」

　再び利家が、三成に問い掛けた。

「しばらくは、御亡骸を甕に入れて塩漬けにし、城内に安置致しまする。その後は、頃合いを見て殿下のご遺言通り阿弥陀ヶ峰にお移し、荼毘に付しまする。ご葬儀は、全将兵の帰還が終えた後ということでいかがでしょう」

　三成は、何よりも秀吉大事で生きてきた男であり、その秀吉に対する忠義心は、他のものでは比較にならないと、誰もが認めるものである。

　その三成が、ここに至っては、秀吉への温情を表に出すどころか、その死を政の一つとして冷静に取り仕切ろうとするその姿には、冷徹さをも感じさせるものがあった。

そうであったからであろうか、その場に居並ぶ面々は、三成の言に、それ以上口を挟むことをせず、その場は三成の申すような形で同意がなされ、秀吉の死は秘されたままとなり、それから数日後、秀吉の亡骸は、五人の奉行衆の手によって、密かに京の阿弥陀ヶ峰に運ばれ密葬された。それに付き添ったのは、生前より秀吉が懇意にしていた高野山の僧である木食応其《もくじきおうご》唯一人という、一代で天下人となった男の葬儀にしては、何とも寂しいものであった。

こうしながら三成は、朝鮮に残る十数万の日本軍を如何にして無事帰還させるかに腐心した。

帰還の為の船の調達を急がせ、五人の宿老の連名による撤退命令も取り付けると、すぐさまそれを朝鮮に送った。

その命令は、十月十五日に大陸に渡った諸将に届き、各々が撤退の準備を進めた。

撤退作戦中、小西行長隊が李舜臣率いる水軍により身動きが取れぬ事態となったが、島津義弘隊が救援に駆け付け、その戦闘において李舜臣を銃殺し、ようやく脱出するに至った。

こうして、前後七年におよぶ大陸進行は、十一月二十五日に、殿《しんがり》を務めた島津・

小西軍が釜山港を撤退したのを最後に、何も得るものがないまま幕を下ろした。

ただこれは、大陸での戦は終えたものの、三成にとっては、穏やかではいられない新たな問題を抱える始まりであった――。


三成は、長らく大陸で苦汁をなめ続けてきた将兵をねぎらおうと、博多まで出迎えに行った。しかし、その三成を見る諸将の目は、小西行長以外、一様に冷ややかで、中でも加藤清正などは、茶の湯に誘っても、大陸で飢餓に瀕したことを引き合いに出し、皮肉を言って断る程の嫌悪感を示した。

この思いは、加藤だけでなく、大陸で地獄を経験した浅野幸長や黒田長政・蜂須賀家正らも同様であった。特に清正は、領国より上がる年貢について、以前より三成から容赦なく取り立てられていたことに加え、文禄の役においては、小西行長に対し非協力的であったことや明国王への公式文書に無断で『豊臣朝臣清正』と署名したことなどを、三成が報告したことで秀吉の勘気に触れ、召喚命令を受けるという目に遭っていたので、清正の三成憎しの思いは強く、それは、文禄の役において、ろくに兵糧が回ってこなかったのは、三成のせいと決めつけさせるにまで至っていた。

こうした清正の考えは、大陸で戦いし他の諸将にも影響を与え、〝此度の戦で恩賞がないのは、三成が殿下に歪曲して事実を伝えている為だ〟と思い込ませ、三成憎しの機運を作り上げることとなった。

逆に、豊家の為という大義の下、常に大局を見据えて、その時々で最も有効である手立てを講じている三成としては、戦闘のみに執着した狭い考え方しかできない武官派の諸将らに対して、もはや話をしても理解できぬ愚かな連中という、腹立たしい思いがあった。

実際、国家経営において、いくら軍役により諸将の領国経営が厳しいとはいえ、豊臣政権の中央集権体制を維持していく為には、年貢の徴収はきっちりと行わなければならないし、朝鮮・明との戦においては、その不利をいち早く見抜いたことで、戦を早期に終結させる為の講話を是が非でも実現させなければならなかった。その為には、行長と図り、秀吉の出した高圧的な条件を秘密裏に変える工作をせねばならず、それには、予てより行長と反りが合わなかっただけでなく、秀吉の命を最も優先する清正がいては、必ず邪魔立てされると読んで、如何なる手を使っても、清正だけは帰国させる必要があったのである。

これらは、三成が刀で斬り合う戦ではなく、政という大きな戦場で戦っていることを意味するものなのである。

ちなみに、三成は見事な行政手腕によって、戦の最中、兵糧米を滞りなく釜山まで送っていた。だが実際は、そこより前線の諸将への物資の補給は不調であった。よって、戦場において兵糧不足が生じたのは、三成ではなく、現地の問題であったことを、補足しておく――。

いずれにせよ、三成を筆頭とする奉行衆と清正を中心とした武将派との間に生じた軋轢は、秀吉が存命中から燻ってはいたが、秀吉という強力な存在が、お互いがもつ不満を表に出せない状態にさせていた。しかし、その二つの勢力を抑え込んでいた秀吉が逝った今では、どのようなものが間に立とうとも、修復は不可能と思われる状況にまで事態は悪化の一途を辿っていた。

そうした、大陸での戦がようやく収まり、政権内部においても、はたまた、各大名が治める領国においても、戦後処理に追われていた慶長三年の暮れ、三成の耳に信じ難い一報が届いた。

「そは、真か!!」

「はい、しかと相違ござりませぬ」

その知らせを石田屋敷にいる三成にもたらしたのは、〝三成に過ぎたるもの〟と称された島左近であった。

この島左近、三成が近江水口に四万石を領していた天正十四年(一五八六)に、一万四千石という破格の待遇をもって召し抱えた武将である。

三成という男は、先にも述べたが、秀吉をして「我に異なる才器があるものは三成だけだ」と言わしめた程、その文官としての才は群を抜いていた。

しかし、武官としての才覚については、同じ秀吉子飼いの家臣である加藤清正や福島正則らと比べ、大きく劣っていることを自覚していた。

そこで三成は、己に備わらざるところを補いうる人材を求めた。そんな三成が白羽の矢を立てたのが、当時〝知勇兼備〟と謳われたこの島左近である。

左近は、三成に召し抱えられて後、軍事全般を任されるだけでなく、常にその傍らにいて、三成が唯一気兼ねなく相談できる参謀としての役を務めていた。

その左近が、急ぎ三成の耳に入れたのは、家康が加藤、福島、黒田、蜂須賀、伊達らと、婚儀を交わそうとしているというものであった。

「それは、大名間の勝手な婚姻を禁じるという殿下のご遺命に背く行為ではないか！」

「如何にも、その通りにござりまする」

武骨な顔立ちの左近が、更にその顔を険しくして答えた。

「左近、これは内府の明らかな同盟工作！　放ってはおけんぞ！」

三成が吐き捨てるように言った。

「やはり、早めに殺しておくべきでありました……」

「う〜む……」

左近の一言に、三成が難しい表情となって小さく唸った。

実はこの左近、秀吉が身罷った直後、間を置くことなく家康を暗殺する計画を三成に進言していた。しかし三成は、真面目過ぎる程真面目で、卑怯なことを嫌うものであったから、この左近の謀を、受け入れなかった。

このような三成の甘さを垣間見る時、左近は憂いを感じずにはいられなかった……。

しかし、それと同時に、食うか食われるかの戦国の世にあって、不器用な程、融通の利かぬ三成の清廉潔白さに、不思議と忠義の想いを抱かずにもいられなかった。

「左近、いかが致せばよい……」

三成は、駆け引き下手である……。

家康が小大名なら、法に則り問答無用で処断するところであるが、相手が手練手管に秀でた宿老筆頭の家康では、一奉行の三成だけでは何とも格の違いがあった。

「やはり、内府のお命、頂戴致しますか……」

射るような目で、左近が言った。

「そはならぬ！　法を破りしものは、しかるべき場で弾劾し、その罪を認めさせた上で、然るべき処分を出さねばならぬ」

「内府に、道理が通じるとお思いか！」

うろたえたような様子で持論を説く三成に、左近がすかさず語気を強めて言った。

その左近の迫力に、三成は少し気圧されるような素振りを見せた。

「で、では、何とする！」

三成が、威厳を保つように吐き捨てた。

「殿は、亡き殿下の亡骸の前で、豊家をお守りすると誓ったのでござりましょう。それには、真っ当なやり方のみでは限界がござりまする。特に、相手があの徳川内府では、殿との力の差は歴然！　嫌でも手を汚す覚悟を致さねば、豊家はお守りできませぬぞ！　今の内に内府を亡きものにせねば、もっと厄介な事態になるに相違ござらん!!」

左近は、戦場では〝鬼左近〟と呼ばれる程の猛将である。その男が、迫るようにして言った。

「暗殺はならん、暗殺は！　それでは、加藤や福島と同じやり口ではないか！　如何に左近の申し出とあっても、それだけはならぬ！　じゃが、このまま捨ておくわけにはいかぬ……。どうすれば……」

三成は、何か手はないかと、あれこれ考えを巡らせた。

「では……、前田大納言様に、ご助力願うしかござりませぬな……」

三成が、左近のその言葉にハッとしたような表情をした。

「殿と内府では格が違い過ぎまする。ですが、大納言様は宿老の中でも唯一、内府に対抗できうる力をもっておられます。大納言様がこちらに付き、他の宿老を束ねて此度のことを弾劾致せば、内府も無視はできますまい」

左近がそう申すや、三成の顔に光が差したような明るさが戻った。

「おお、そうじゃ、大納言様じゃ！　大納言様は私心のないお方。それに、諸大名からの信頼も厚い。大納言様が中心となり此度のことを糾弾なされれば、他の宿老も賛同されるはず。そうなれば、内府も好き勝手ができなくなるが必定！　よし、すぐにでも大納言様に相談致すとしよう！　内府め、目にもの見せてくれる！」

三成は、〝自分は常に正しい〟というような、いつもの表情に戻り、口元には笑みが零れた。

〝これなのだ……。この甘さが殿の欠点……。才覚があるだけに、惜しいことじゃ……。わざとこちらを挑発しておる内府に、道理だけで太刀打ちできるはずがない……。殿は、道理にこだわり過ぎる……。〟

得意げな表情をする主君を見て、左近の胸中には、暗雲が立ち込めるように不安が広がっていた。

三成ら奉行衆は早速、家康以外の宿老に働き掛け、前田大納言の「返答によっては、家康の宿老職を剝ぐこともやむを得ず」という号令の下、詰問使を徳川屋敷に遣わした。

家康は、使者の追及に対し、「媒酌人の今井宗薫が、許可を得ているとばかり思うておった。これは、こちらの手落ち。いやぁ、面目次第もない。これからは、このようなことがないよう、誓詞をもってお誓い致す故、この旨、宿老の方々によろしゅうお伝え願いたい」と、とぼけたような返答をして笑った。が、すぐにその表情は一変して、「しかしじゃ……。此度の事で、わしの宿老職を剝ぐとは、合点が参らん……。わしは、亡き太閤殿下より、宿老として豊臣家を支えてほしいと直々に仰せつかった身なるぞ。その職を剝ぐなど、これこそ殿下の意向に反する行為ではないか！　どうじゃ、返答せい!!」と、逆に詰問使に怒鳴り散らして追い返した。

この家康の居直りともとれる言動に、前田大納言は、「一戦交えても、事の是非を糺してくれる!!」と激怒するや、たちまち情勢は険悪となり、前田大納言を中心とした反徳川派が、徳川屋敷を急襲する準備をしているという噂が流れた。

これにより、家康側には、福島、池田、黒田、藤堂らの諸大名が参集、大納言側には四人の宿老に奉行衆、そして佐竹、小早川、小西、長曾我部らが集まった。

事態は、一気に緊張状態となり、一触即発の様相を呈したが、このことを聞くや、双方に義理のある加藤清正と細川忠興が両者の斡旋に努め、何とか和解を成立させたことで、最悪の事態を回避するに至った……。


「此度は、上手く行きませんでしたな……」

「うむ、もう少し我らの側に付くと見越しておったが、手回しが足りなんだ……。あのまま衝突しておったら、圧倒的に不利であったわ……」

「はい、本格的に切り崩しを始めると致しましょう。なあに、此度は事態が一気に進み過ぎて、諸大名の取り込みが間に合いませんでしたが、本当の勝負はこれから……。と、いうことで、王手」

「何！　ちと待たぬか」

「なりませぬ」

家康は、盤上を見ながら、右手に持った扇子で、パチンと自らの頭を叩いた。

「正信……」

家康《次郎三郎》は、当代きっての策略家故、先々を呼んで一手を差す将棋は、相当な腕前であった。しかし、正面に座した正信の手元には、家康より奪いし駒が、幾つも置かれていた。

「またしてもやられたわ……」

　そういう家康を気にする素振りも見せず、正信は盤上の駒を一つ一つ拾い上げ、左手に乗せて盤面を片付けた。

「で、正信、これからどう打つかの……」

「はい、殿もお分かりのように、我が軍だけで豊臣方を敵に回して戦をしても数の上で不利にござりまする。よって、豊臣家を潰すことより、政権内における殿の地位を絶対的なものにし、やがては豊臣の権勢を全て手中に収めることが得策かと存じまする」

「うむ、で、どうする」

「まずは、我が方に付くものらを増やしまする。そうしながら、敵対するものらは、一つ一つ潰していきまする」

「殿下のやり口と同じだな」

「はい……」

　殿下のやり口――。所謂それは、かつて秀吉が信長を討った明智光秀を山崎の合戦で破った後、織田家中で敵対する柴田勝家や滝川数益らを排除し、そうしながら前田利家らは自分の側に丸め込むなどして自らの地位を固め、そのまま主家を乗っ取って、絶対的な支配者になったことを指していた。

「で、どのように致す」

家康が、脇息《きょうそく》にもたれながら言った。

「はい、此度、こちらにお味方された方々は、これからも我が方に付いてくださると、信頼してもよいと存じまする」

「うむ、同感じゃ」

「では、どこから切り崩す……」

正信が、将棋盤の中央に銀の駒を置き、それを囲むように歩を四つ置いた。

「此度のとこで、はっきりと致しましたのは、敵側の中心となるもの……」

そう言いながら、正信は銀の駒を見つめた。

「石田治部じゃな」

家康も、中央にある駒を見ながら言った。

「はい。あのもの、武功がないのにも関わらず、此度は大納言様まで動かし、見事に我らの計略を阻みました」

「ん～。あの青瓢箪、政務を取り仕切る才は、予てより認めるところではあったが、このような真似までできるとは、些か侮っておったわ。殿下が亡くなったことで、肝でも据わったか……。目障り故、まずは、あ奴から潰していくか……」

家康が、冷ややかに言った。

「いえ、喧嘩をするには、相手がおらねばできませぬ。あのものは、その相手を作ってくれる大事な御仁。潰すには惜しい、惜しい……」

「利用するのか」

「はい、利用致します」

正信が、不敵な笑みを浮かべた。

「あのものを挑発すれば、我らに対抗しようとするものらを取りまとめてくれましょう。まぁ、それ即ち、徳川に同心せぬ敵対勢力。そのものらをまとめて攻め滅ぼせば、自ずとこの日の本には、徳川に臣従するものしか残らなくなりまする……」

正信の表情に、一段と不敵さが増した。

「では、どうする」

「まずは……、治部殿の身辺から崩しましょう」

「身辺……。奉行衆か？」

「はい、浅野長政。あのものは、こちらに引き込めます」

「左様か」

「はい、浅野殿は、かつて石田治部と検地の件で遺恨があると、その息子の幸長殿より聞きおよんでおりまする」

「確かに、幸長も相当治部には遺恨があるからのぉ。で、他の三人はどうじゃ」

「某の調べでは、長束殿が治部に近いようにござりまするが、然したるものではござりませぬ。そして、前田玄以、増田長盛両名ですが、治部程の忠誠心はなく、長いものに巻かれる輩かと……」

そう言いながら、正信は静かに腰に差した扇子を逆さに持って、柄の先で銀を囲む歩を一つ一つ外側へと払った。そして、盤面中央に一つの残った銀を見て、家康は「孤立じゃな」と、にやけながら呟いた。

「あとは……」

正信が、将棋盤の手前に王将と金、そして飛車を置いた。

「そは、誰か」

家康が興味津々で尋ねた。

「大納言様、毛利中納言様、そして加藤主計頭《かずえのかみ》（清正）……」

その答えに、家康は右眉をわずかに動かし、「ん！　……」と唸った後に、「邪魔じゃな……」と、一言呟いた。

「はい、いずれも邪魔な方々にござります……。放っておきますと、必ずや徳川にとって、災いを成しましょう」

「では、いかが致す……」

「はい、おいおいと……」

そう言うと正信は、再び盤上の駒を全て左の掌に拾い上げ、一端握り締めると、家康に目を向け、そのままその駒を無造作に落とした。すると全ての駒は、盤上でバラバラな状態となって止まった――。

それを見た家康は、何かを察してか、「わっはっはっ……。全てそちに任せる。本に恐ろしい奴じゃわい」と愉快顔で言った。

「恐れ入りまする……」

「ふっ、柄にもなくかしこまるな。気色悪いではないか」

そう言うと、家康は一層満足そうな笑みを浮かべた。

「じゃが、それにしても……」

そう呟くと、家康の表情が一変した。そして、庭に目をやり、思い更けるような表情で、語り始めた。

「それにしても治部という男は、太閤が見出し、お傍近くに置いただけあって、なかなかの切れものじゃ。その政務能力は誠に高い。政権を支えるべく、本にようやっておる。ただ、その治部を目の敵にするものが多いこと。そはどうしてか……。領国においても、はたまた戦場《いくさば》においても、その場で起きている事態に直接携わっているものは、その場の状況だけ見て、色々な願いを奉行衆に訴え出る。しかしそれは、狭いところだけしか見ておらぬものの狭き考えであり、それに関わる全てに目を配って判断しているわけではない。それに対し、政権の中枢にて政に携わる奉行衆は、仕える主君の考えを第一に、広く全てを見渡して方針を決めようとする。これ故、この両者の間には、自然と溝ができてしまう……。この立場の違いに気を回し、組織全体がまとまるよう気を配れる奉行であれば、諸侯に対して、どうしてこのような命を下したのかを誠意をもって説明することで、その不平・不満を抑えつつ信頼を得ることも可能であろう。しかし、あ奴は、それをしようとはせん。それどころか才気走って、ただ一方的に方針を告げるのみじゃ。あ奴が己の弱さを見せ、同朋を増やすような人柄であれば、豊臣家臣団の結束も強く、容易に倒せるものではないが、幸いあ奴は、机に向かって見事な法案は作れても、それを実行する肝心な人の心に目を向けてはおらん。誠に愚かな奴じゃ。そのようなものには、誰も付いては行かぬ……。あ奴こそ、自らが豊臣の結束を壊す根源であることを、露とも気づいておらぬであろうな……」

いつの世もそうだが、現場で働く実働部隊と、それを指揮監督する上層部の間には、少なからず意識の隔たりがあり、特に下のものは、上のものに対して不平・不満を持つようになる。この下のものの思いを敏感に察知し、方針に対しての丁寧な説明や未来像を示して解消できるものこそ、理想の指導者と言えるだろう。

秀吉は、その晩年、専制が強かったが、賤ヶ岳の戦いで柴田勝家を破り、実質的な織田家の指導者となるまでは、下のものの心をよく摑むことに長けた、素晴らしい指導者であった。そうであったからこそ、百姓から身を起こすも、一代で天下人になり得たのである。

家康《次郎三郎》は知っている。天下を取るとは、人の心を摑むことだと……。

少なくとも、この時の家康は、このような理想の上司というべき姿を、家臣団はもちろんこと、福島や黒田ら自らを頼る諸大名にも、見事に装って見せていた。

正にこの姿は、人を欺くことを常とする忍びの血が、成せる業といったところであろう……。

それから間もない慶長四年（一五九九）閏三月三日、前田大納言利家が、六十二歳で世を去った。

既に病を患い、宿老・奉行衆いずれも、その容体を心配していた最中の逝去であった。

ただ、利家が亡くなる一月《ひとつき》程前より、前田邸の周囲には、仁衛門の手下の姿があった。

利家の訃報を家康に伝えたのは、正信であったが、その正信に知らせをもたらしたのは、若き服部家の当主であり、仁衛門の甥である服部半蔵正就である。

この知らせの時点で、前田家中のもの以外で利家の死を知っていたのは、半蔵正就と仁衛門、そして、その手下だけであり、後の話によれば、仁衛門と接触するその手下の姿は、薬師であったという……。


この突然の訃報に、落胆の色を隠さなかった男がいた。誰であろう、利家を最も頼りにしていた三成である。

豊臣政権の中枢を担う宿老に、皆が従う人望厚き利家がいたからこそ、三成を中心とする奉行衆は、加藤清正らを中心とした武官派の諸侯を抑え、政権の円滑な運営に努めることができた。

しかし、その抑えとなる要が外れたとなると、これ以後、武官派がどのような暴挙に出るか分からないといった恐れが生じてくる。

三成の脳裏には、このことのみが過《よぎ》り、利家のいない政権を如何に維持すべきか、その胸中は、不安と焦りに駆られた。

だが、その三成の不安は、間を置くことなく現実のものとなった……。

利家が、この世を身罷った直後、かねてより三成に遺恨のある加藤清正、福島正則、黒田長政、細川忠興、浅野幸長、池田輝政、加藤嘉明の七将が、「三成がおっては、豊臣家の為にならぬ!!」と、三成の大阪屋敷を襲撃しようとしたのである。

その報を伝え聞いた三成は、いち早く伏見城内に逃れ、宿老筆頭である家康は、事を収めるべく、仲裁に乗り出した。

七将は、「即刻、三成をひっ捕らえ、その首を刎ねる」と息巻いて、伏見城で家康に対面したが、家康は、「御手前らに対するこれまでの治部少輔の振る舞いからすれば、お気持ちは分かるところではあるが、如何なる理由があろうとも、前田殿の喪中である今、政務を担う奉行を襲うなど言語道断!! それに、治部の首が取られたとあっては、島左近ら三成配下のものどもが黙っておらず、必ずや戦になるが必定! 太閤殿下が築かれし泰平の御世を、お主らは壊すことになるが、それでもよいと申されるか! それでも治部の首を取り、世を乱そうとされるのであれば、幼き秀頼公になり代わり、この家康が御手前らのお相手を致そうではないか!! もし、此度の一件について、この家康に一任してくだされば、御手前らにとって、決して悪いようには致さぬ故、今日のところは、早々に引き上げられよ」と、此度の軽挙妄動を貫禄十分に一喝すると、七将の中で最も家康に心服している黒田長政が、慌てたように「内府殿の申されること、甚だ尤もなり。三成如き輩の為に、京・大坂で騒乱を起こせば、それこそ太閤殿下のご意向に反することとなる。ましてや、内府殿と刃を交えるなど、我らの望むところではござらん。のう、皆の衆、ここは内府殿にお任せするのが一番と考えるが、如何」と発言すると、他の六将は黙って思案した後、顔を見合わせ頷くと、清正が「ここは、内府殿にお任せ申す」と一言発して、一同その場より退去した。

その一部始終を、家康の側近くで見ていた正信は、〝やはり黒田をこちら側に引き入れておいたのは、間違いではなかった〟と、心の内でほくそ笑んだ。

長政の父である黒田如水（官兵衛）は、天下に名高き秀吉直属の軍師であり、その秀吉さえも、その力量を警戒して、働きに見合う禄を与えなかった程の男である。よって、如水を敵に回せば、天下取りをめざす徳川にとって、必ずや大きな脅威となると読んだ正信は、如水を懐柔するのではなく、その息子を取り込むことを家康に進言し、それにより、三ヶ月後には、家康の養女である栄姫を長政の側室として輿入れさせる話を取りまとめ、両家の結びつきを強くしていたのである。

七将が去った後、家康と正信はチラリと目を合わせ、僅かに笑みを浮かべた。それは、二人だけにしか分かり得ぬ策略家同士の笑みであった。

「殿、今は治部を死なすわけにはまいりませぬぞ。死ねば、今回騒ぎを起こしたものら全てが、豊臣方に戻ってしまいまする。治部程のものなれば、いずれ兵を挙げるに相違ございませぬ。その時こそ、我らに敵対するものどももろとも、そっ首を刎ねてやればよいのです」

七将が押し入って来る直前、正信が言ったこの一言を家康は思い出した。

「ふっ……」

家康は、不敵な笑みを浮かべつつ、もう一つ鼻で笑った……。

それから間もなく、三成に対し、奉行職の解任と居城である佐和山城への退去が言い渡された。

これまで、己の全てを懸けて豊臣家の為に働いてきた三成にとって、この裁断は口惜しい限りであったが、抗う術もなく、再起を誓ってこれに従った。

そんな傷心の三成に追い討ちを掛けるように、政権中枢では、家康による政権奪取の為の裏工作が、次々に進められていった。

まず、同月の十三日には伏見城に入り、天下を取ったかのように政務をとり始めた。そして、二十一日には家康を「父兄」と仰ぐ私的な盟約が、家康と毛利中納言との間で結ばれた。

〝なぜじゃ！　なぜ中納言様が内府と……〟

この知らせを聞いた三成は愕然とし、ただ、我が耳を疑った。

毛利は、徳川に次ぐ大領を有する大大名である。で、あるから、三成は毛利が徳川になびかぬよう、毛利家の外交僧である安国寺恵瓊と誼《よし》みを通じていた。

しかし家康は、小早川隆景に代わり、毛利一門の実質的な指導者の地位にあった吉《きっ》川《かわ》広家に目を付け、広家が三成を敵視し、恵瓊を毛嫌いしていることを上手く利用して、決断力のない当主の輝元を操らせ、邪魔される間も与えぬ速さで、盟約を締結させたのである。

そしてその半年の後、家康は更なる手に打って出た。

重陽の節句に際し、秀頼に祝賀を申し上げる為、大坂城に入ると、その夜には、前田大納言利家の嫡子である前田利長が、浅野長政、大野治長、土方雄久の三名を誘って、自らを暗殺しようとしていると、嘘の暗殺計画を巧みにでっち上げたのである。

家康は、身辺警護と銘打つや、伏見より大軍を呼び寄せ、そのまま大坂城に居座った。

そして家康は、浅野、大野、土方は、いずれも蟄居や流罪としたが、前田だけはそれでは足りぬと、討伐すると息巻いて見せた。

この知らせに、身に覚えのない嫌疑を掛けられた前田は慌てふためき、重臣を家康の下に派遣して、無実であることを弁明したが、それだけでは許しを得ず、最終的には、討伐を止める代わりに、利家の妻である芳春院を徳川に人質として引き渡すことで、事を収めることとした。

こうして前田は、家康の仕掛けた罠に掛かった形で、実質的に徳川の支配下に置かれることとなり、奉行衆の一人である浅野長政も、嫌疑が晴れるや、徳川方に逆らえぬ立場となった。

こうして、王将《前田》と金《毛利》、そして歩《浅野》と、三成が頼みとするものらが、次々に家康に取り込まれていった……。

「おのれ、内府め！」

三成が、佐和山の地で家康の横暴を苦々しく思っているのと裏腹に、当の家康は、大坂城の西の丸に本丸同様の天守閣を築かせて、そこで実質的な天下人として公儀を預かり、秀吉の権限である所領宛行《あてがい》まで行うなど、統治権を代行し始めた。

それはまるで、大坂城の主が、秀頼から家康に移ったかのようであった……。

二

年は改まり、慶長五年二月。

奥深き山間にある霧の谷は、向かうにも雪に閉ざされ、普段以上に人を寄せ付けぬ閉ざされた越境の地となっていた。

辺りは深と静まり返り、そこには、生物など存在しないかのようで、音といえば、時折木々に積もった雪が、その重みで地に落ちるぐらいのものであった。

〝ピシュ〟

その静かな谷の原野に、風を切り裂くような鋭き音が走った。そしてその次の瞬間には、雪に紛れていた白い野兎が、跳ねる間も与えられぬまま、首に棒手裏剣を突き立てられて倒れていた。

すると、何かが木々の陰から動いた。それは人の目では追えぬ程の速さで、木から木へと飛び移り、瞬く間に事切れた野兎のすぐ側に降り立った。

それは、無造作に髭を蓄え、毛皮を纏った狩人のような身なりをした男であった。

その男は、足元の兎に目を下ろすと、一言「すまぬな」と言って、祈るようにして右の掌を眼前に据えて目を閉じた。

この男、姿こそ以前とかなり違うが、人目を避け、一人修練を積む為、高野山からこの地に舞い戻った影に生きるもの――。

甲賀七鬼の一人、霧風流甲賀闘気術の使い手　霧風十四郎。

祈りを捧げ、開かれしその目。

鋭さの中に哀しみを宿すその目こそが、紛れもなく十四郎であることを示していた。

十四郎は、晩飯にする兎を掴むと、かつて孤鷲と暮らし、今は一人で住む小屋へ戻ろうとした。

「何しに来られた」

戻ろうとした十四郎が、足を止めて呟くように言った。

「殿の使いで参りました。十四郎様が戻って来られることを、殿は望んでおられます」

先程まで、十四郎しかいなかった原野に、一人の女が現れ、その女は、十四郎の背に向けてそう語った。

膝まで達する雪の積もる原野に、一人立つその女は紫蝶であった。

「既に、何者かが、この谷に入り込もうとしていることに気づいてはいたが、あなたでありましたか。その節は、大変世話になり申した……。手練れの忍びでも容易く入り込めぬこの谷に、女の足で辿り着くとは、さぞ難渋されたはず。今夜は、みすぼらしいが、我が小屋で休まれよ。そして、明日には殿のところに戻られるがよい。途中までお送り致そう」

振り返ることなく十四郎が語り掛けた紫蝶の手足には、谷に着くまでに付けたであろう無数の生傷があった。

それは、くの一だからとて、耐えきれるというものではなく、辺りを覆う冷たい空気も、より一層、その痛みを堪えられないものにしていた。と同時に、その手足の先は、既に寒さで麻痺していると察することができる程の姿であった。

「帰ってはいただけないのですか！」

「話は後だ。まずは、その冷えきった体を温めることが先。じゃが、そなたが余計な客を連れて来てしまったようだから、少し待ってもらわねばならん」

「余計な客?!」

紫蝶は、十四郎の言葉に戸惑いを見せた。

「出て来い！　いるのは分かっておる」

十四郎の声が、雪が覆う原野に響いた。すると、先程十四郎が潜んでいた木々の中より一人の男が現れ、十四郎と紫蝶の立つ原野の方に近づいて来た。

「我が気配を読むとは、お頭《かしら》が言っていたように、少しはできるようだな」

頭を剃り上げ、黒染の僧衣をまくり上げた僧兵の姿をしたその男が、十四郎を見てにやつきながら言った。その腕には、太さは槍とほぼ同じで長さは八尺（約二メートル四〇センチ）程、六角柱の形状をした鉄棒《かなぼう》が握られていた。

「……」

十四郎は、男の言葉に耳を貸さぬように纏っていた毛皮を脱ぐと、紫蝶に投げ渡した。

「まさか、そのものは私を付けて……」

紫蝶が、驚きとも違う複雑な表情で十四郎に言った。

「それを着て、木々の中にでもおるがよい。少しは風避けになる」

紫蝶が逆らえぬような硬い表情で十四郎が言うと、紫蝶は言われるまま、自分の体には大き過ぎる毛皮に身を包んで、足元の悪い原野から離れた。

「おい、てめえの身が危ねえって時に、女の心配などしていていいのか」

男が、挑発するように言うと、十四郎は表情を変えることなく一言、「問題はない」と呟いた。

その返答に、男は表情を一変させると、「お頭にいいようにやられた甲賀の猿が、生意気じゃねえか！」と言って、鉄棒を振り回して突進して来た。

「そりゃ～！」

男の掛け声と共に、確実に十四郎の脳天を捕らえたかに見えた鉄棒が、手応えの無いまま、地面を叩いた。すると、その衝撃はすさまじく、地を覆った雪が辺りに舞い上がった。

「やるじゃねえか」

男は、躱《かわ》されたことなど気にすることなく、即座に頭上で鉄棒を振り回した。

「もう止めておけ、その程度では、わしは倒せんぞ」

十四郎は、先程いたところより後方三間（約五・四メートル）離れたところに立ち、何事も無かったかのように男に言った。

「お頭は、居場所だけ探れと言われたが、捕らえて連れ帰った方が喜ばれるはず。さっきは加減したが、次は躱せぬ故、覚悟せえ～！」

男は、そう言うなり、一撃目とは比較にならぬ速さで十四郎に向かって突進し、鉄棒の連打を浴びせ掛けた。

次々に繰り出されるそれは、あまりの速さに鞭のようにしなり、あらゆる方向から一度に向かって来るような錯覚を見せた。

十四郎はそれを、表情一つ変えることなく、紙一重で躱し続けた。

「どうした甲賀の猿よ、躱すのが精一杯か！」

そう男が発し、鉄棒を大きく振り上げた瞬間、十四郎は鋭き眼光を、その男に向けた。

「うっ！」

男は、その目に射貫かれたように、一瞬動きを止めた。いや、止められたといった方が、正しい状態に陥った。

〝なっ、何だ……。この男の目……。この男から発せられるものは一体……〟

男は困惑しながら、鉄棒を構えたまま動けなくなった。十四郎は、その正面で反撃することなく、ただ自然体のまま対峙した。

「もうよせと言っておろう。何度やっても同じだ。それと、いつまで隠れているつもりだ。いるのは分かっておると言ったはずだぞ。そこから吹き矢をいくら打っても、わしには当たらぬ。それに、長く雪の中に身を隠しておっては、筋肉が硬直し、動きに鈍りが生じるだけだ。もう隠れてないで、姿を見せるがよい」

その十四郎の言葉を聞いた紫蝶は、〝他にもまだ敵がいるというの？〟と、驚いた表情になり、即座に辺りを見渡した。

すると、どこからともなく「ふははは……」という男の笑い声がすると、原野を覆う雪が一部盛り上がり、そこから黒き影が飛び出して来た。

「ご明察のとおり、毒矢にてお主の動きを鈍らせ、捕らえるつもりであったが、とうに見抜かれておったか。鉄棒をかわしつつ、飛んでくる毒矢にも対応するとは、思っていた以上にできるようじゃな」

雪の中より現れしこの男も、十四郎に襲い掛かった男と同じ身なりで、その手にはやはり同じ鉄棒が握られていた。ただ、先に姿を見せた方は、図体が大きく、ガッチリした体つきであるのに対し、後から現れたこの男は、細身で中肉中背といった体格であった。

「お主らは、風魔の手のものか」

二人の敵のほぼ中央に立つ十四郎が、雪の中から姿を現した男に聞いた。

「そうじゃ。我らは小太郎様に命じられ、お主の居場所を摑む為に、伊達の周辺を探っておった風魔の密偵。太閤が亡くなった直後から、黒脛組の動きが慌ただしくなった故、そこからお主に繫がらぬかと探っておったが、案の定、この女がお主と特別な関わりがあると分かり、目を付けておったら、ここに辿り着いたという訳じゃ」

「わたしをずっと付けて……」

その話を聞いて、紫蝶はここに来るまで全くその気配に気づかなかったことに愕然とすると共に、十四郎を窮地に追いやってしまったことに、悔やみつつ自らを責めた。

「わしらは兄弟。わしは兄の陰禅坊、そしてそっちが弟の陽禅坊じゃ。お主は知らぬであろうが、風魔の中でもわしらは小太郎様に次ぐ戦闘術を身に付けておる。闘う気なれば心して掛かって来るがよい。そうでなければ、おとなしく我らに従ってもらおう」

陰禅坊が、余裕の笑みを浮かべながら言った。

「……どちらにも従えんな」

「何ぃ！」

十四郎の返答に、陽禅坊がいきり立った。

「静まれ陽禅坊！」

見るからに短気な陽禅坊を、陰禅坊が諌めた。

「甲賀者よ、どちらにも従わぬというのは通らんなぁ。従わぬとあれば、力ずくで従わせねばならぬが、それでもよいのだな。我らとしては、誤って殺してしまうかもしれぬ故、そうはしたくはないのだがな」

陽禅坊と違い、陰禅坊が冷ややかに言った。

「わしは、お主らと闘う気はない。小太郎には立ち戻ってこう伝えよ。わしの命を狙いたくば、わしはここにおる故、いつでも自らが出向いて来いと」

十四郎は、そう言うなり身を翻してその場を立ち去ろうとした。

「陽禅坊！」

陰禅坊の一声に応じるように、立ち去ろうとする十四郎の歩みを、陽禅坊が鋭い鉄棒の一振りで阻もうとした。

「止めよと言っておるだろう！」

その一言を残し、十四郎の姿が陽禅坊の視界から消えた。

〝?! どこに消えた〟

陽禅坊が驚く間もなく、その背後より「ここだ」という十四郎の低い声が聞こえた。陽禅坊は焦りの表情で振り返ると、そこには十四郎の握る異形の刃物が、今にも目に刺さる程の近さにあった。それは、捕らえた獣を切り裂く際に用いる刀包丁とでもいうべきものであった。

「うっ……」

「わしがその気なら、お主、死んでおったぞ」

再び十四郎の鋭い視線が、陽禅坊にある種の恐怖を感じさせた。

「陽禅坊!!」

そう叫びながら、十四郎の前で身動きの取れぬ陽禅坊を救おうと、陰禅坊が鉄棒を構えて飛び込んで来た。

十四郎は、自らを襲う陰禅坊の鉄棒を流れるようにして躱すと、そのまま宙に飛び、二人と間を開けるようにして軽やかに着地した。

「素晴らしい動きだ。これ程の体術の持ち主、なかなか出くわせるものではない。やはり、連れ帰るだけでは楽しみがない。小太郎様には悪いが、足腰立て無くしてから小太郎様の前に突き出すとしよう」

そう語る陰禅坊の青白い顔が、より一層妖しさを増した。

「ここは黙って引け。わしは無益な闘い、無益な殺生は好まぬ。闘いは楽しむものではない。去るのだ」

十四郎はそう言いながら、刀包丁を握る手を下ろした。

「あくまでも闘わぬつもりか。お主がそうであっても、こちらはそうはいかぬ。覚悟を致せ、陽禅坊行《ゆ》くぞ！」

そう言い放つや、まず陰禅坊が仕掛けた。

「兄者気を付けろ！　そ奴を侮ってはならぬ！」

陽禅坊はそう叫ぶと、鉄棒を持ち替えて、再び十四郎に向かった。

「我らの棒術は、古来より我が風魔一門にのみ伝わる古武術より派生した独自のもの。それは、陰と陽の二本の棒が対となって同時に繰り出されることで、何者も回避できない一打必殺のものとなるのだ。甲賀の猿よ、我らの鉄棒の餌食となって、全身の骨が砕かれる痛みを味わうがよい！」

狂気を孕んだ陰禅坊の言葉と動きに、気を捉われることなく、十四郎は繰り出される鉄棒を再び躱した。そこに、陽禅坊の鉄棒も加わり、三者の動きは、更に激しさを増した。

〝確かに、二本になると、繰り出される棒に死角がなくなった……。避け続けるには限界があるか……〟

二人に挟まれる格好となった十四郎の上着が、間を置くことなく浴びせ掛けられる鉄棒によって、所々引き裂かれ始めた。

「兄者!」

「応!」

二人は掛け声に合わせ、左右同時に渾身の突きを十四郎に打ち込もうとした。

〝もらった!〟

そう陽禅坊が思ったその刹那、十四郎は二人の間で動きを止め、両足を踏ん張ると、頭を胸の前で交差させた腕に埋めた後、すぐさまその両の腕を素早く左右に伸ばし、そのそれぞれの掌を二人に向けて広げた。

グオン!!

次の瞬間、陰禅坊と陽禅坊は、まるで強風でも浴びたかのように、それぞれ後方に飛ばされた。

〝何、何が起こった?!〟

陰禅坊と陽禅坊は、いきなり我が身に起きたことに理解ができず、倒れ込んだまま、ただ茫然とした。

　その陽禅坊の側に、十四郎は跳んで行くと、そのまま抵抗できない陽禅坊の喉下を三本の指で深く抉《えぐ》った。

「な、何をした……」

「『放気掌《ほうきしょう》』……。瞬時に溜めた気を、両の掌より放つ闘気術の一つ——。お主らでは、わしに傷一つ付けることはできぬ。今のは押し倒した程度に過ぎぬが、更に向かって来るとあれば容赦はせん。闘気術の真髄を見る前に、早々にここから立ち去れ。立ち去らねば、このままお主の喉を潰し、あっちの男は、我が術で体中の骨を砕かれることになる」

　そう言う十四郎の指が、鷲の爪の如く、より深く陽禅坊の喉に食い込んだ。

「貴様、なぜ効かなんだ……」

　陽禅坊の喉を締め上げる十四郎の姿を見ながら、陰禅坊が起き上がりながら言った。

「毒のことか……」

　十四郎が、陰禅坊に目をやることなく言った。

「そうだ、なぜお主には効かなかったのだ?!」

「ふっ、知れたこと……。お主ら風魔のものは、妖術を得意とする。妖術は、視覚や聴覚を惑わし、あらぬものを見せたり、体の自由を奪ったりするものだが、その実は、巧みに毒を使って相手の体に異常を起こさせるだけのこと。お主らもその風魔のものであれば、毒を用いてくることは必定。どう使ってくるか用心はしたが、お主ら程度では、わしから体の自由を奪うことなどできぬ。分かったら諦めて帰れ」

「くっ……」

陰禅坊は、十四郎との力の差を即座に理解し、言葉を失った。

陰禅坊と陽禅坊は、凄まじき棒術の練達者である。その術は、天下に名のある棒術家の多くを凌ぐと言ってよい。だが、このものらの強さは棒術だけではなく、忍びなどと対峙する際は、妖術を用いて相手を惑わせたのち、必殺の鉄棒の一撃で仕留めるという非情極まりない闘法を用いていた。

此度の闘いにおいても、二人はこの闘法を用いた――。

二人の得物である鉄棒の先端は、毒を仕込むことができる筒状になっており、それを振り回せば、少しずつその先端にある数カ所の穴から毒が微量に放出されるようになっていた。よって、陽禅坊は十分な程、十四郎に毒の霧を浴びせ掛けていたので、十四郎が弱り始めたら呪文を唱え、それを体の自由を奪う妖術と思わせて、身体的だけでなく精神的にも追い込むつもりであった。

だが、その目論見《もくろみ》が、十四郎には通じなかったのである……。

毒を振り回すということは、当然その術者もそれを吸い込むことになる。だが、この毒に対し、陰禅坊と陽禅坊は、事前にそれが効かぬよう体質事態を変える修行を積んでいた。

よって、二人は毒の影響を受けずとも、十四郎は体の自由を奪われるはずであった。が、なぜ十四郎は何事もないようにその場にいれるのか……。


〝十四郎、毒を以て毒を制すじゃ〟


二人の連続攻撃を受けている時、十四郎の脳裏には、宗心のこの言葉があった。十四郎は、休むことなく繰り出される二本の鉄棒から、毒が放出されているのを敏感に察知し、それがどの程度のものかまでも正確に捉えていた。そして、それに冷静に対処した。

この程度なら効かぬ――。

実は、十四郎が宗心の下で、妖術対策をしていたその一つの修行こそ、陰禅坊・陽禅坊と同様の体質改善であった。

あらゆる毒をあえて体内に入れ、それに耐える苦行を重ね、毒そのものに強い体を作る……。それは、命懸けといってよい死と隣り合わせの修行であった。

その苦しみを耐え抜いたからこそ、風魔の術を寄せ付けぬ身体を得たのである。

「くっ！　かくなる上は……」

焦りの表情を浮かべていた陰禅坊が、一変して魔物のような微笑を見せ、チラリと紫蝶に目をやった。

〝まずい！〟

十四郎がそう思った時、陰禅坊が紫蝶に向かって駆け出し、そのまま紫蝶の首を鉄棒で背後から締め上げた。

「甲賀者よ、この女を助けたくば、歯向かうのは止めて我らに従え！　お主に効かずとも、このままお主が抵抗すれば、我らの術により、この女の体は痺れ、抵抗すらできずに、やがて死に至るぞ」

陰禅坊が、紫蝶を締め上げる力を徐々に強めながら言った。

「じゅ、十四郎様……。私のことなど気にせず、このものたちを……」

「黙れ、この女《あま》！」

そう怒鳴りながら、陰禅坊が更に強く紫蝶を締め上げた。

「卑怯な奴め……」

十四郎は、陰禅坊を睨みながら、陽禅坊の喉元を摑んだ指を放し、そのまま無防備な状態でその場に立った。

すると、その十四郎に向かい、陽禅坊が手にした鉄棒で十四郎を殴り付けた。

「この野郎、いい気になりやがって！」

陽禅坊に打たれる度、十四郎の鮮血は白光りする雪の上に飛び散り、辺りは無数の赤い点で染まった。

「陽禅坊、そ奴の術は厄介じゃ、今の内に腕を潰しておけ！」

「分かった兄者！」

陽禅坊は、そう答えると、鉄棒を持ち替え、十四郎の腕めがけ、渾身の一撃を浴びせ掛けた。

バシ!!

「何！」

十四郎は、凄まじき音と共に迫ってきた鉄棒を左手で掴んで止めた。

陽禅坊は、思わぬことに慌て、両手でそれを奪おうとしたが、それはビクともせず、陽禅坊は、ただ力むばかりであった。

「貴様、いい加減にしろ」

再び十四郎が、上目遣いに陽禅坊を睨んだ。

ビクッ!!

その目に、陽禅坊は身を凍らせた。

「そのような目でわしを見るな～!!」

陽禅坊は、我を忘れたように叫ぶと、渾身の力を込め、鉄棒を引き抜こうとした。と、その時、「この女！」と陰禅坊が声を上げた。

「紫蝶殿……」

十四郎は、紫蝶の方を向くなり、声を失った。

そこには、懐に忍ばせておいた苦無を自らの胸に深く突き立てている紫蝶の姿があった。

「うおおおおおおお～!!」

十四郎は、陽禅坊の握る鉄棒を手前に引き寄せ、その体勢を崩すと、右の掌を陽禅坊の顔面に力を込めて押し当てた。

すると、その顔面は瞬時にグチャグチャに潰れ、陽禅坊は、そのままその場に倒れ込んだ。

〝!!〟

「陽禅坊ぉ～！」

陰禅坊は、その光景に息を飲んだ。その陰禅坊に、十四郎は即座に鋭き視線を向けた。

〝来る……〟

その目に、陰禅坊は身を固めた。

十四郎は、白い雪の表面を麒麟ともいうべき素早さで跳び、瞬く間に陰禅坊と紫蝶の真ん前に立つと、「よせ……」という陰禅坊の言葉を遮るように、そのまま左の掌を陰禅坊の顔面に当てた。

グチャ!!

その鈍い音と共に、陰禅坊の顔面が潰れた。

この技、『壊顔連気掌《かいがんれんきしょう》』という――。

顔面にある急所を、顔面もろとも闘気によって連続粉砕するという、霧風流甲賀闘気術の中でも必殺を誇る技の一つである……。

陰禅坊は、抵抗する間も与えられることなく、そのまま膝から崩れ、雪の上に倒れ込んだ。

「紫蝶殿！　何ということを……」

十四郎は、胸を真っ赤に染めた紫蝶を抱き上げ、悲痛な表情でその潤んだ瞳を見つめた。

「十四郎様……、太閤殿下が亡くなり、世は再び動乱の様相を見せ始めています……。大坂では、内府が天下を奪わんと日増しにその影響力を強め、同じく覇権を狙う我が殿も、その動きを内府に警戒されています……。十四郎様、どうか殿のお側にいて、その力をお貸しください。殿もそれを望み、ずっとあなた様の消息を追っておりました……。此度、ようやくこちらにおられると分かり、鬼丸様の差配で私がこの地に遣わされたのです……。今、殿には、あなた様のお力が必要です……。再び殿の為、その凄まじき闘気術をお振るいください……。殿が待っておられます……」

次第に色を無くしていく唇を震わせながら、紫蝶は十四郎に懇願した。その瞳には、涙が溢れている。

「紫蝶殿、しっかりするのだ！」

十四郎は、震える紫蝶の手を握り、そのまま自らの頬に当てた。

「十四郎様、どうか……、どうか……」

紫蝶は、最期にそう口にすると、そのままうっと瞳を閉じ、力を失ったように静かに項垂れた。

「紫蝶殿——!!」

十四郎は、青白く冷たい紫蝶の体を抱き寄せて叫んだ。

「何ということじゃ……」

自分と兼続の因縁が、何の拘わりもない紫蝶の命を散らせた……。

「断ち切ろうとしているのだぞわしは……、何故、引き戻す……」

どこまでも、逃れることのできぬ己の呪われた運命に、十四郎は苦悩の色を見せた。

「兼続……。風魔小太郎……」

空には雪雲が立ち込め、次第に厚みを増した。そして、その一面には、音もなく冷たい雪が落ち始め、それを強き風が容赦なく流し始めた。

それはやがて吹雪となって、物言わぬ紫蝶を抱きしめる十四郎の姿を、白一色の景色の中に消していった。

第五章　帰参

一

会津若松――

慶長三年（一五九八）一月、上杉は、太閤秀吉の命により、越後からこの地へと国替えとなった。

それは、越後の領民が抱く上杉家への忠節心が、他の諸国とは比較にならない程強い為、万が一にも上杉が謀反を起こせば、豊臣政権の安泰を脅かしかねないと秀吉が警戒し、上杉を越後から切り離すことにしたからである。

その他にも秀吉は、義に厚く武名名高い上杉を東日本最大の要衝の地である会津に置くことで奥州の鎮護……、即ちそれは、信頼の置けぬ伊達と徳川を牽制するのに、上杉を利用しようとしたことが、この転封の大きな理由となった。

当時、この命を受けた景勝は、秀吉より九十万石の越後から百二十万石へ加増となると言い含められたが、越後の実際の石高は、新田開発の他に漁業・鉱業まで入れると三百万石を優に超えていたことと、父祖伝来の地を離れたくないという点で難色を示した。

しかし、兼続が「時の権力者である秀吉に、逆らうことはできませぬと」と景勝を説得したことで、これを受け入れることとなった。

それより二年……。

転封後は、国の整備の為に三年間の在国を認められると共に、上方勤務も免除されるという破格の条件を秀吉から賜り、景勝はできるだけ会津にいて、強固な国づくりをめざした。それは、城の修復や整備はもとより、力を増す家康を警戒して、大量の兵器を仕入れるだけでなく、多くの浪人を雇い入れて、軍備の増強を図ることが、まず最優先に行わなければならないことであった。

こうした上杉の動きに、謀反を画策しているのではないかと大坂の家康が疑念を抱き、上杉に上洛して釈明するよう求めてきた。と、いうのも、この謀反の嫌疑については、慶長四年（一五九九）の十一月に、会津に接する出羽仙北軍の戸沢政盛が、会津で行われている軍事力増強に危惧して、密書を家康に送っただけでなく、翌年三月には、景勝が去った後、春日山城の城主となった堀秀治と三条城主で家老である堀直政主従の他、上杉の老臣である藤田信吉からも家康に対して「上杉に謀反の兆しあり」の讒言があったことが、その理由となった。

　堀主従の訴えについては、次なる以下のような経緯がある――。

元来、国替えには、守らなければならない取り決めがある。それは、任国に赴く際は、家中の侍衆はもちろん、中間や小者など奉公人の全てを一人残らず連れて行くことができるが、年貢を負担する為、検地帳に登録された百姓は、一人として連れて行ってはならないというものである。そして、旧領主は、年貢米の半分を収納し、残りを新領主の為に残しておかなければならなかった。

　しかし、堀氏が越後に着任すると、登録されているのにも拘わらず、会津に移っている百姓がいただけでなく、逆に、旧上杉の武士や奉公人が、何人も領内に残っていた。それだけでなく、驚くべきことに年貢米も、上杉は全て会津に持ち去ってしまっていた。

　年貢のことについて、堀氏は返還を求めたが、兼続は「会津の旧領主であった蒲生氏も全て持ち去っていたので返せない」と返答し、はたまた、越後領内に残った武士らは、程なくして、各地で一揆を起こし始めた。

　実は、この一揆――。越後に混乱を招いて、それに乗じて越後を取り戻そうと画策した兼続の陰謀であった。

堀氏は、そこまで見抜いてはいなかったが、あまりの上杉のやり方に怒りを覚えると同時に、脅威を感じたことで、此度の謀反の疑いを家康へと密告したのである。

同じくして、藤田信吉に至っては、三成より家康に味方した方が上杉の為になると景勝と兼続に進言したが、退けられたことで家中に居場所を失い、そのまま出奔して家康の三男である徳川秀忠を頼ると、上杉が密かに戦備を整えていることを密告したのであった。


「いかが致しまする……」

上洛を一度は断った上杉であったが、それに対して家康は、すぐに糾問使を会津に下向させてきた。

このようにして上洛を求めてくる家康に対し、どのような姿勢で臨むのか、景勝から召し出された兼続が、神妙な顔で景勝に問い掛けた。それに対して景勝は、いつものように眉間に深いしわを寄せ、目を瞑り、口を真一文字にして、座したままじっとして動かなかった。

その様子を窺いながら、兼続がしばらく待っていると、景勝が静かに目を開けた。そして、厳しい表情のまま、その目を兼続に向けて言った。

「上杉は、かの不識庵謙信公以来、武勇で鳴らした家柄である。此度のような言い掛かりとしか思えぬ申し出に従う義理はどこにもない」

　低い声で語られたそれは、重々しく、かつ、何人であっても逆らえぬような迫力があった。そして、そう語る景勝の憤怒の形相には、〝謙信以来の武門ここにあり〟といった矜持が表れていた。

「某も、同じ思いにござりまする。近頃の内府の専横ぶりは目に余る！　前田殿の一件以来、諸大名は内府の権威を恐れ、身を低くしておるようですが、上杉は断じてそのようであってはなりませぬ！　内府が我らを糾弾するというのなら、太閤殿下より賜りし恩義を忘れ、ただ己の野望の為だけに不義を働く内府にこそ、我らの方から正義の鉄槌を下してやりましょう！」

　兼続が、決意の表情で言った。

「戦じゃな」

　景勝が、睨むようにして兼続に返した。

「はい、内府は、前田殿になされたように、謀反の疑いで上杉征伐の軍を起こしましょう。我らとしては、内府が態度を改めず、攻め寄せて来るとあらば、迎え撃つだけと存じます！」

　兼続が、恐れるどころか、自信ありげな表情を見せて言った。

「よう言うた。内府を倒せるだけの策はあるのだな」

「万事、この兼続にお任せあれ。戦となれば、我が軍だけでも敵を殲滅できましょうが、恐らく、佐和山で蟄居されております石田治部殿も、じっとはしておられぬはず。必ずや、我らの動きに呼応して、兵を挙げるに相違ございませぬ。それはやがて、徳川に反感をもつ諸大名を次第に巻き込んでゆき、やがて大きなうねりとなりましょう」

「そう読むか」

「はい、先日も島左近殿と文を交わしましたが、その文面から、治部殿の内府に対する憤りは、相当なものと推察致しました」

「そうか、そちがそこまで申すのなら、狂いはあるまい。内府、掛かって来るとあらば、この上杉が成敗してくれよう」

「はっ！　正義は我らにござりまする」

兼続が、目を輝かせて言った。

「そうじゃ。我が軍は、正義の軍でなければならぬ。家督を継いで早二十有余年。謙信公は、景虎殿ではなく、このわしに上杉の全てを託された。そのわしが、あの内府と一戦交えることとなれば、謙信公も経験したことのない大戦《おおいくさ》となろう。毘沙門天の化身である謙信公が率いた我が軍は、神の軍である。天下を掠め取らんとする狡猾な内府の軍に負けることは決してない！　兼続、謙信公の武名に恥じぬ戦をせねばならぬぞ!!」

この景勝の言葉に、兼続は一瞬、背中の火傷に痛みが走るのを感じた。

「あ、はい。戦となれば、必ずや謙信公が、我らにお力をお貸しくださるに相違ござりませぬ……。では早速、上洛に応じることはできぬと、返書を認《したた》めまする」

「うむ、思い切りこちらの言い分を認めよ！　内府が臍を嚙む程のな」

「はっ、では……」

そう答えると兼続は、そのまま退出し、自らの邸宅に向け、一人馬を走らせた。

景勝は、幼少の頃から変わらず寡黙で、普段あまり言葉を発することが無かった。で、あるから、家臣は皆、景勝の笑顔を見たことがない……。

ただ唯一見たものがいるとすれば、かつて景勝が飼っていた猿が、景勝の頭巾を取って庭の樹に登り、枝に腰かけてそれを被ると、手を合わせてお辞儀したのを見て、思わず笑った時だけである。

眼光炯々としてニコリともせず、常に太刀に手を掛けて威厳ある態度を貫き、家臣に緊張感を強いて、自然と畏怖の念を持たせたことにより、家臣たちは、〝敵よりも御屋形様の方が恐ろしい〟と思うようになっているのだが、その姿は、謙信という巨大な養父の影を常に背負い、その重圧に耐える為に辿り着いた形だと推察できる。

天下に名高き大名は数あれど、この景勝程、不義を許さぬ気骨のあるものは他にいない。

このような性分だからこそ、秀吉は頼りにして、小早川隆景が没するや、すぐにその代わりとして景勝を宿老に列し、逆に家康を警戒した。

その景勝が今、自らに襲い掛かろうとしている家康に、義将の血を滾らせている。

その姿に兼続は、〝御屋形様の為に、どのようなことをしてでも家康を討ち取らん〟と、硬くその心を決めていたが、その思いとは裏腹に、家督相続について何の疑いを持たぬ景勝の姿に、〝やはり、事の真意を御屋形様に知られてはならぬ！〟と、疾駆する馬上にて暗き己の内面と向き合っていた。

その、様々な思いを巡らしながら馬を操る兼続の前方に、いきなり黒い人影が現れ、行く手を塞いだ。

〝何奴?!〟

兼続は驚き、力の限り手綱を引いた。すると馬は、それに引っ張られるまま上体を起こし、前足を大きく跳ね上げた。

兼続は、振るい落とされまいと、更に手綱を握る手に力を込め、ようやく荒ぶる馬を沈めた。

「しばらくぶりにござる」

そう言いながら、その男は被っていた編み笠を取った。

「そちであったか……」

兼続は、その顔を見るなり、驚きの表情を見せた。

それは、素浪人風に身を変えた風魔小太郎であった。

「ご無礼をお許しあれ。日中、会津領内で貴方様と直接会うには、軒猿に悟られぬようにせねばならぬ故、このような参上となりますこと、ご理解いただきとうござる」

そう言いながら小太郎は、冷ややかな目で馬上の兼続を見上げた。

「久しく連絡が途絶えておったが、いかがしておったのじゃ。あ奴は捕らえたのか」

高慢な態度で兼続が問うた。

「いえ、未だ捕らえるに至っておりませぬ」

小太郎が、冷たい目のまま答えた。

「相当時が経っておるというに、一体今までどうしておったのじゃ！　風魔であれば、容易にあ奴を捜し出し、わしの前に連れて来ることができるのではなかったのか！」

普段の兼続であれば、小太郎より同じことを伝えられても、ここまでいきり立つようなことはない……。しかし今の兼続は、家康と刃を交えることになるかもしれぬという緊張感と、家督相続のことに触れた景勝の言葉が相まって、いつもの冷静沈着さを失っている状態にあった。

「いつになく、お心が乱れておいでの様子。いかがなされました……」

小太郎は、訳なく兼続の心の内を読んだ。その小太郎の言葉に、兼続はハッとするような表情を見せた。

「そちには、関わりないこと。それより、こうして来たということは、何かわしに伝えることでもあるのか」

苛立った様子で、兼続が吐き捨てるように言った。

「はい、あのものの居場所が分かりました」

小太郎のその一言に、兼続の目が光った。

「どこにおるのじゃ」

「はい、おそらく甲賀……」

「何、甲賀じゃと！　それが分かっておるのであれば、すぐにでも行って、わしの前に連れて来ぬか！」

更に苛立ちを増した顔で、兼続が小太郎に重ねて言った。

「我が手のものが、伊達を探索していましたところ、太閤が身罷った辺りから黒脛組のものらに不審な動きがみられるようになり申した。我らは、その動きを監視しておりましたが、一人のくノ一が甲賀をめざしているのが分かった故、我が手のものに命じ、それを付けさせ、甲賀に潜入したようですが、それ以後は、ピタリと報告が途絶え、一向に戻って来る気配がありませぬ……。風魔でも指折りの手練れを遣わした故、並の甲賀ものでは倒せぬはずにございますれば、恐らくあのものの手に掛かったのではないかと思われまする……」

冷ややかなその口ぶりに、兼続は一瞬言葉を失った。が、すぐに気を取り直すようにして、「では、お主が甲賀に参り、あ奴をわしの下に連れて参れ!!」と怒鳴った。

その兼続の言に、小太郎の目がギラリと光った。

「殺して構いませぬか……」

小太郎が、更に冷たい口調で呟いた。

「何ぃ?!」

小太郎の返答に、兼続が眼を剝いた。

朝鮮での闘いの折、小太郎は上手いこと装って、十四郎を葬ることも考えた。しかしそれは、その時の十四郎に手応えを感じず、捕らえることも殺すこともできるという余裕や、ようやく見つけ出したことによる恨みからであった。

だが、その対戦の時に小太郎は、わずかながら十四郎に言い表せぬ何かを感じていた。そして、この六年の間、いずことも知れぬ場所で沈黙を守っているのが、わずかばかり不気味であった。

そんな折、風魔屈指の使い手である陰禅坊と陽禅坊が十四郎に倒されたとすれば、それは、この六年で何らかの変容を十四郎が遂げているのではないかと考えられ、もしそうであれば、次は初めから殺すつもりで掛からねばならぬという思いが小太郎の中に生じ、それは死闘を予感させるものであったから、敢えて捕縛できぬかもしれぬと、言い含めるようにして、兼続に伝えたのであった。

「生きて我が前に連れて来るのが約定であったはず、それを殺してもよいかとは、話が違うではないか！　あ奴には問い質したいことがあるのじゃ。殺すことなく連れて来い。その後の処理はお主に任せる故、それまでは、決して殺してはならぬぞ、よいな!!」

そう吐き捨てるや、兼続は小太郎のことなど構わぬような面もちとなり、手綱を握り締め、「はいや！」と声を上げ馬腹を蹴った。

すると馬は、その場に小太郎一人を残して走り出し、その姿は瞬く間に小さくなっていった。

この時の兼続には、小太郎や十四郎に構っている余裕がなかった――。

喫緊の最重要事項は、上洛を促す家康に対して、上杉の考えを如何なる文面にして返答するかの一点であった。

手綱を捌くその脳裏には、その内容が形を成さぬまま次々に羅列され、それが少しずつ整理されていった。

片や、遠のく兼続の背を見つめる小太郎は、近づいているであろう二度目の十四郎との闘いを、黙したまま意識していた。

その夜、兼続は自らの居室にて、静かに硯と向き合っていた。

そして、微動だにすることなく座したままであったが、夜も深まってきた頃、何かを得たかのようにクワッと目を見開き、紙にスラスラと筆を走らせ始めた。

これこそ、これより始まる関ヶ原の戦いのきっかけとなった有名な『直江状』である。

その十五カ条からなる長文を要約すると、次のようになる。

『この度、謀反の疑いにより、上洛して釈明せよとの仰せですが、景勝は帰国したばかりであり、再び上洛するとなると、いつ国元の政務を執ったらよいのか、甚だ困ったことでござる。逆心が無ければ起請文を出せとも申されるが、起請文を何通書こうが、平気で破るものがおるので、書いても無駄であることは、この数年の出来事から、分かり切っておりまする。故に、起請文など書いても意味がありませぬ。景勝に逆心ありと申されるが、ちゃんと調べもせず、讒言するものの言い分だけ聞くとは、実は、家康殿に表裏があるのではないかとも思われまする。武器を集めていることが、疑いに繋がっているようですが、上方の武士が人たらしな茶器を集めるのがお好きなのと同様、我らのような田舎武士は武器を集めまする。これは、風流の違いとでもいいましょうか。そんなことを気にされるなど、天下を預かるものらしくないと思われ、甚だ残念至極にござりまする。道や橋を架けたのも怪しいと申されるが、道を作ることで恐れをなして騒いでいるのは、堀殿だけござる。堀殿は、戦を知らぬ無分別なもの故、叩き踏み潰すのに、道など造る必要すらありませぬ。もし謀反を起こすのであれば、四方八方から敵が攻めて来ぬよう、むしろ道を塞ぎ、橋を落とすが道理。そのような愚かなことを、景勝がされるとお思いか。逆心などないのに、逆心がなければ上洛しろなど、赤子に言うようなもので、話になりませぬ。昨日まで逆心をもったものでも、素知らぬ顔で上洛すれば褒美が貰える昨今ですが、それは景勝には似合いませせぬ。噂が流れている中で上洛すれば、上杉家代々の弓矢の誇りまで失ってしまいまする。景勝が間違っているか、はたまた家康殿に表裏があるのか、世間はどう見るとお思いか。景勝に謀反の心はないのに、どこかの誰かは、殿下のご遺言に背き、起請文を破り、秀頼公を蔑ろにしておられる。そのようなことをしてまで天下を取っても、悪人呼ばわりされるが必定。末代までの恥となりましょう。申し状によれば、そちらが出向いて来られるとのこと。甚だ結構なことにござれば、当方は白河口でお待ち致しております故、その時、存分にお相手させて頂きまする』

この書状は、読めば分かるように家康に対する痛烈な弾劾文である――。

上杉に逆心は無いと弁明しながら、その一方で、家康に対し〝野望は見え見えじゃ〟と、皮肉たっぷりに書きなぐっている。

五月三日、家康の下にこの書状が届いた。

それを読むなり家康は、「未だかつて、このような無礼な書状は読んだことはないわ!!」と、額に青筋を立てて怒り狂い、居並ぶ諸侯の前でその書状を破り捨てた。

普段、沈思重厚の印象が強い家康が、これ程まで激怒している様子を見たことのない諸侯は皆、言葉を失い恐れをなした。

すぐに家康は、「上杉中納言（景勝）は、秀頼公への出仕を怠り、会津にて謀反の企てをしておる。よって、宿老の筆頭であるこの家康が直々に会津に赴き、上杉を成敗致す!!」といきり立ち、諸大名に対して上杉に軍を向けることを表明した。

この上杉征伐を思い止まらせる為、前田玄以ら三奉行や宿老と奉行の調整役である中老を担っていた生駒親正ら三中老は、連署して家康に直訴したが、家康はこれを撥ね付けた。

家康としては、既に実権を握る立場となったとはいえ、その立場は秀頼の家臣であった。よって、家康が完全に天下人となる為には、豊臣家を滅ぼすことが必要であった。しかし、武力によって攻め滅ぼしても、諸大名や世間から支持を得ることが難しい。で、あるから、家康は正信と図って、秀頼を担ぎ出すであろう勢力に自らを狙わせ、それを打ち倒すことで、徳川と豊臣の立場を逆転させるという絶妙の謀略を仕組んだのであった。

この謀略を実現する為に、格好の材料とされたのが、外でもない、兼続が家康を弾劾した此度の『直江状』であり、そしてまた、自らが上杉征伐の為に上方を留守にすれば、必ず豊臣方を指揮して挙兵するに違いないと家康の標的にされた人物こそ、石田治部少輔三成であった。

兼続と三成——。この稀代の盟友は、類い稀なる才の持ち主ではあるが、いかんせんまだまだ若く、数々の修羅場を掻い潜り、戦国の英雄たちを次々に凌駕してきた老獪極まる家康には、戦略という点で、比較にならぬ程の実力差があった。それに気づかぬ二人は、自信に溢れ、これから家康に決戦を臨もうとしていくが、まさか家康が先々を見透かし、自分たちが既に家康の野望実現の為の駒に仕立てられていることには、この時点で哀しいかな気づく由はなかった……。

六月十五日、逆賊である上杉を討つという名目で、家康は秀頼より黄金一万両と米二万石を賜った。

これも、家康の巧みな口車に淀の方が唆されてのことであったが、こうして秀頼より激励されたことで、家康率いる軍は、豊臣家が正式に認める義軍となった。

翌日、家康は大坂を発して伏見城に入った。その城内にある千畳敷の大広間で、家康は一人、会心の笑みを浮かべていたと、家康の侍医である板坂卜斎が自ら記した『慶長年中卜斎記』に書き残している。

〝ふふふっ……。事は、わしの思うように運んでおるわ。次は治部じゃな……。頼むぞ治部少輔……〟

これまでの裏工作が功を奏し、いよいよ天下を握る為の戦が始まると、家康は若者の如く全身の血を躍らせた。そしてその目は、獲物に狙いを定めた鷹を思わせる鋭きものになっていた。

決して笑わない景勝と、笑いが絶えない家康――。

会津と伏見という、東西の地に座した二人の表情は、全く逆のものであり、それがこれから先の戦のなり行きを、暗示しているかのようであった。

こうして、家康が天下取りの為に会津に向け出立したその同じ時、十四郎は一人、身切りの滝の河原に石を積んで作った紫蝶の墓の前で、瞑目して静かに手を合わせていた。

そうしてしばらくそのままでいたが、やがて目を開き、スッと立ち上がると、その目を孤鷲の消えた滝壺にやった。

十四郎は、黙ったままその瀑布を見つめていたが、口をわずかに開いて一つ小さく息を吐いた。

「孤鷲様、いずれまた……」

十四郎は、そう聞こえぬ程の声で呟くと、その顔を空に向けた。

それは、これより様々なものたちの運命が大きく関わるであろう合戦の地……。

奥羽の方角であった。

二

六月二日に、家康は諸大名を伏見城に招集して、上杉討伐の為のそれぞれの役割を伝えた。

特に、会津周辺の諸将は、会津に繋がる所要な街道から攻め込むよう割り当てがなされ、伊達と最上は、その先陣を務めるよう命が下った。

こうして政宗は、家康に先立ち、十四日に居城である陸奥岩出山城に向け出立した。それは、秀次事件からずっと京に留め置かれていた政宗にとって、実に五年ぶりの帰国であった。

政宗の本意は、家康の風下に立ち、その手足となって働くことをよしとはしていない。しかし、これまで家康には幾度となく窮地を救ってもらった恩義があることと、縁組をするなど、今は徳川との関係を深めつつ、天下を狙う機会を窺った方がよいと冷静に先を読んだので、此度の家康の要請には、素直に従う姿を見せた。


「小十郎、まずは国境の白石城を落とさねばならぬな」

「御意にござりまする。それには、この岩出山より会津に近い北目城に本陣を置くのがよろしいかと存じまする」

「うむ、兵馬の支度が整い次第、北目城へ向け出立致す。すぐに取り掛かれ。そちにも、城攻めの一角を担ってもらう故、そのつもりでおれ！」

「はっ！　急ぎまする」

政宗は、久方ぶりの戦に、気を高ぶらせていた。

何分、上杉は不識庵謙信以来、天下に武名が轟いており、特にその執政である兼続は、戦上手であると承知していたから、いかに政宗といえど、その上杉百二十万石と事を構えることは、今までにない程の大戦《おおいくさ》を覚悟せねばならぬものだったからである。

〝北からは我らと最上、そして南からは内府の軍勢で一気に攻め寄せる。さすれば、上杉は軍勢を裂かねばならなくなり、その兵力は必ずや半減するはず。さすがの上杉といえど、十万にもおよぶ軍勢に取り囲まれては、長くは持ち堪えられまい。じゃが、これでいいのか……。これでは、内府の天下が、より確実になるだけではないか……。少しでも、内府に対抗できうるだけの力を付ける策も講じておかねばならぬのではないか……〟

秀次事件以来、おとなしくなりを潜めていた政宗だが、血が滾る戦場に戻ったことで、独眼龍本来の気概と気骨に溢れた策謀家の姿が、徐々に蘇り始めた。

〝上杉なれば、敵として申し分なし！　いずれは内府も出し抜いてくれよう!!〟

この時、政宗三十三歳、家康《次郎三郎》五十五歳、そして直江兼続は四十一歳である。

家康が、野州小山宿に家康が着陣するのに呼応して、七月二十四日、政宗は白石城に攻め寄せた。

この時、城代であった甘粕景継は、たまたま会津に出向していたが、城内には、かつて政宗により殺害された二本松旧主畠山義継の旧臣が多く立て籠もっており、その士気は、政宗相手ということで、非常に高かった。

「どうじゃ綱元、落とせそうか」

「はっ、敵は鉄砲や弩《いしゆみ》により、必死の抵抗を見せておりまするが、我が方の勢い凄まじく、長くは持ち堪えられぬかと」

「そうか、それは上々。そのまま攻めたてよ！」

「はっ、各隊に、そう伝えまする」

側近の一人である茂庭綱元が、政宗の命を伝えるべく、急ぎその陣所より立ち去った。

〝造作もないことじゃ〟

政宗は、陣を敷いた陣馬山の高台より白石城を眺めながら余裕の笑みを浮かべ、椀に入った水を一気に飲み干して、のどの渇きを潤した。

「早ければ、今日中にも落とせそうですな」

唯一、陣中で政宗と共に戦況を眺める留守政景が、政宗に話し掛けた。

政景は、政宗の父輝宗の弟であり、この時五十一歳。『相伴衆《しょうばんしゅう》』として、随時政宗の相談に乗り、この上杉討伐に置いては、政宗の名代も務める伊達家の重鎮とも言える存在であった。側近中の側近である小十郎や茂庭綱元などは、政宗が家督を継いだ際、同じくして家を継いだ若手であり、政宗の周囲にはこのようなものが多かったので、政景のように信頼できる叔父の存在は、政宗にとっては貴重であった。

「叔父上、この政宗、白石城を落とした後は、そのまま米沢に兵を向け、一気に取り返してご覧にいれましょう」

「政宗殿、事を急いてはなりませぬぞ。白石城を落とした後は、まずその旨を内府殿に知らせ、その後の指示を仰いだ方がよい」

「何を申されまする。墳墓の地である米沢を取り返すは、我らの悲願！　それに、今の米沢の領主は、あの直江山城！　今、山城守は内府を迎え撃つべく白河口に出向いておって米沢は手薄なはずにござる。我らが押し寄せ米沢を奪取すれば、上杉には相当な痛手となり、山城守も慌てるに相違ござらぬ！　そうなれば、内府も戦をしやすくなり、戦に勝った暁には、我らがそのまま米沢を治めることを内府に認めさせやすうなりまする！」

政宗が、隻眼を滾らせるように言った。

それに対して政景は、「出過ぎだことをして、内府の不許を買わねばよいが……」と、逸る政宗を気遣うように小さく呟いたが、政宗はそれに対して、「ご懸念めさるな。万事、この政宗の公算どおりとあいなりましょう」と、自信の表情で応えた。

が、その時、陣幕の外で警備にあたる兵どものうめき声が耳に入った。

「何事?!」

異変に気づいた政景が叫んだ。

そう叫んだ直後、血だらけの番兵が陣幕にもたれ掛かり、そのまま陣幕を掴み破いて中に倒れ込んで来た姿を政宗と政景が見た。

〝?!〟

突然の出来事に、二人は動きを止めた。

すると、土色の忍び装束に身を包んだものらが、番兵の引き破いたところからだけでなく、陣幕を飛び越え、そして別ものは陣幕を切り裂いて、陣所の中へと押し入って来た。

そして政宗と政景は、そのものらに瞬時にして取り囲まれた。その数は六。

「貴様ら、上杉の間者か……」

政宗が、太刀に手を掛けながら言った。

それに対し、押し入ってきたものらの一人が、「その隻眼。伊達の少将殿とお見受け致す。お覚悟めされよ」と答え、逆手に持った小太刀を構えた。そして、チラッと仲間に目線を送ると、「それっ！」と掛け声を掛けた。

それに応じるように、一斉にそのものらが政宗らに襲い掛かろうとしたその時、上空より黒き影が政宗の真正面に降り立ち、襲い掛かって来るものらを遮る盾となった。そしてその刹那、その影は疾風のように動いたかと思った後には、押し入ってきたものら全てが、足元に倒れていた。

「殿、そこかしこに、上杉の忍びが潜んでおりましたぞ。先々を読むは、非常に大事なことなれど、まずは目先の勝ちに集中せねば、かつて今川義元公が桶狭間で信長公に討たれたように、思わぬことで足元を掬われ、お命を縮めまする。ご用心召され」

そう話す男を見て、政宗は驚きの表情となり、言葉を失った。

「お久しゅうござる……」

「十四郎……」

政宗は、気を取り戻したかのように、目の前に立つ十四郎を真っすぐに見て言った。

「長きに亘る暇を頂戴致し、誠に申し訳なく存じまする。霧風十四郎、只今帰参致しましてござりまする」

十四郎は、そう言いながら、片膝を突いて政宗の前で平伏した。

「霧風十四郎か……」

政景が、まだ襲われた興奮が冷めやらぬ表情のまま、十四郎に声を掛けた。

そこに、「殿ー」と叫びながら、変事に気づいた鬼丸が、手下を引き連れ、勢いよく陣所の中に飛び込んで来た。

「これは……」

鬼丸は、陣所の中の光景に息を飲んだ。そして、政宗に目を向け「殿、ご無事で……」と言い掛けたが、政宗の前で片膝を突き平伏する十四郎に気づくや、鬼丸もまた、声を失った。

「鬼丸、十四郎がようやく我が下に帰って来よったぞ」

政宗が、安堵とも喜びともとれる表情で言った。その目は、目の前に控える十四郎に向けたままである。

「殿、これを……」

十四郎は、懐より紙に挟んだものを取り出し、政宗に両手で差し出した。政宗は、それを黙ったまま預かり、そのまま丁寧に開いて見た。

「これは……」

「紫蝶殿でござる」

「何！　紫蝶の……」

政宗は、再び言葉を失った。

政宗だけではない、鬼丸もまた、十四郎の一言に愕然とした表情となった。

「紫蝶殿は、某を再び殿の下へ帰らせる為、危険を冒してまで会いに来られました。しかし、紫蝶殿を付けてきた風魔の刺客が紫蝶殿を捕らえ、某の目の前で命を奪いました……」

十四郎の話に、誰一人として言葉を発さず、その場は沈黙に包まれた。

「鬼丸殿、すまぬ……。わしのせいじゃ……。何の関わりもない紫蝶殿を、わしと風魔の争いに巻き込んでしもうた。どう謝ればよいか、言葉も見つからぬ……」

十四郎は、頭を上げることができず、ただ地面を見つめたまま、悔恨と謝罪の念を伝えた。

「いつのことじゃ……」

鬼丸が、呟くように言った。

「二月……。雪が激しく降る日だった……」

「二月……。お主を捜しに甲賀に赴き、そのまま消息を絶った故、もしやとは思うてはおったが……。やはり、紫蝶は……」

鬼丸は大柄であるが、この時の鬼丸は肩を落とし、いつもの大きさを感じさせない姿であった。

「早く伝えるべきと、ずっと思うておりましたが、某が何らかの動きを見せれば、必ずや風魔はそれを嗅ぎ付け、某はもちろん、伊達家にも害があると思い、秘しておりました。致し方なかったこととはいえ、改めてお詫び申し上げまする……」

十四郎が、更に深く頭を下げた。

「もうよい十四郎……。紫蝶は、お主を慕っておった。最後に会えて本望じゃったじゃろう。そうして今、お主は紫蝶の望み通り、こうして我が下に帰って来た。これが何よりの紫蝶への供養となろう」

政宗が、そう言いながら、しゃがんで十四郎の肩に手を掛けた。

「痛み入りまする……。紫蝶殿が亡くなられてからずっと、伊達家に帰参するか否か、思案し続けておりました……。某が伊達家に帰参すれば、上杉といらぬ諍いが起きることが予想されます。ですから、すぐには戻って参りませんでした。ですが此度、上杉征伐により、殿が上杉と事を構えると知り、某の腹も決まりました。これよりは、伊達家に仕える忍びの一人として殿を守り、某自身も、直江山城が差し向けて来るであろう刺客と、堂々と渡り合うつもりにござりまする」

そう言って、再び十四郎が政宗に向けて深く頭を下げた。

「待っておったぞ」

政宗が、笑みを浮かべて言った。

「つきましては……」

十四郎が、言葉を続けた。

「つきましては、此度殿を襲いしこのものらですが、上杉の忍びではござらぬ。陣所の外でも四人仕留め、顔を検めましたが、かつて共に越後で過ごした軒猿は一人もおりませんでした。軒猿ならば、顔を見知っておりまする。しかし、このものらは軒猿にあらず……」

「風魔か！」

「はい、この動き、風魔衆に間違いござらん。このものらは、恐らく直江が遣わした刺客……。上杉景勝様は、幼き頃より謙信公から薫陶を受け、卑怯な戦いを嫌う御仁で、暗殺は、その最も嫌うところ。よって、このものらは、直江が景勝公に許しを得ず、独断で差し向けたに違いありませぬ」

　政宗は、かつて何度も直江兼続に対面している。その印象は、長身・色白で、漢詩をも嗜む文化人的印象が濃く、おおよそ武人らしからぬと感じていたが、まさかその男の内面に、暗殺を画策する程の恐ろしき鬼が隠れていようとは、十四郎の話を聞きながら、政宗は全身に寒いものを感じた。

「上杉は、独自の忍び衆である軒猿を抱えておりまする。それ故、風魔を召し抱えることはありませぬ。風魔はあくまでも、直江が主家にも秘して、某の命を狙うことのみに重用している影のものにござりまする。ですが此度、殿の暗殺に風魔を使ってきたということは、これからも直江は、容赦なく上杉の為になると判断すれば、主家に報告できぬような影の企みを風魔に行わせて来ることが予想されます。ましてや、某が伊達に帰参したことが、これで伝わりましょうから、その危険度は増すに相違ありませぬ」

十四郎は、顔を強張らせ、緊張感のある口調で言った。それを聞いた政宗は、再び厳しい顔となり、奥歯を噛み締めるように口を強く閉じた。だが、すぐにその顔から険が取れ、口元が緩み、フッと微かに政宗が笑った。

「それでも、わしを守ってくれるのであろう」

「身命に賭けて……」

「ならばよし！　十四郎、そちの帰参を許す。伊達家の為に励むがよい」

「はっ！」

この光景を見た鬼丸と政景は、頼もしき味方が増えたことはもとより、政宗の顔に、今まで見せることの無かった程の喜びが溢れていることに、ある種の安堵感を感じていた。

〝紫蝶、哀しみに染まる殿の心が、お前のおかげで救われおったぞ……〟

鬼丸は、政宗と十四郎を見ながら、亡くなった紫蝶を一人想った。

この白石城攻めでは、政宗にとって、もう一つ喜ばしいことが起きた。

朝鮮から帰国して間もなく、長年の功に対する報いが少ないことに不満を持ち、出奔していた伊達成実が、突如現れて敵陣に突っ込み、それが伊達軍に勢いを付け、城を落とすに至ったのである。

成実は、政宗より歳が一つ下の従弟で、幼き頃より近習として政宗に仕えていた。その後、長じるや天下に武勇無双で知られる程の猛将となり、伊達軍を数々の勝利に導いた。

そのような成実が出奔したと知った徳川や上杉といった諸大名は、高禄をもって迎え入れようとした。特に会津に転封となった上杉は、武力の増強が急務であった為、直江山城守を遣わし、五万国をもって召し抱えようとした。

しかし、成実は、「政宗公に敵対するものに仕えることなどできぬ」と、その誘いを撥ね付け、そのまま幼き頃より敬愛する政宗の下に帰ることを決断して、この戦いの真っ只中に躍り込んだのである。

白石城が落ちるや、政宗はすぐに成実を呼び付けた。

二人の間には、多少の蟠《わだかま》りはあったものの、成実の謝罪の弁により、政宗は出奔という勝手な行動に出た成実の振る舞いを水に流した。

政宗は思った。

〝わしは隻眼で、物事が半分しか見えぬ。だが、小十郎が失いし片目の役割となって、見えぬものを見て先を読み、最善の策を講じてくれる。そして成実は、我が片腕じゃ。軍の統制には無くてはならぬ。そして十四郎……。十四郎も、わしにとって無くてはならぬもう片方の片腕。これで、伊達は万全の体制となった。どのような敵であれ、決してやられることはないだろう。このような家臣たちに囲まれて、わしは何と幸せな男か。このものらの想いに報いる為にも、わしも一層心を滾らせ、いつの日か天下を取らねばねばならぬ！〟

哀しみに覆われた自らの心に今、僅かに希望という光が差し始めているのを、政宗は、はっきりと感じていた。

第六章　想い

一

「何じゃと!!」

　小山宿の家康の陣を探っていた軒猿の頭、道刹《どうせつ》がもたらした知らせに、兼続は思わず声を荒げた。

　それは、政宗が白石城を落とした同日、家康の下に「石田治部挙兵す！」の急報が入り、それを受けて家康が、急ぎ軍を上方に向けて反転させたというものであった。

「治部殿、早過ぎる……」

　此度、家康を迎え撃つにあたり、上杉軍五万は、ここ白河の革籠原《かわごはら》に陣を敷いていた。

　この地を、天下分け目の決戦の地とすることは、兼続が練った策を、景勝が承諾してのことであった。

兼続の策とは、次のようなものである。

まず、敵である家康の軍が鬼怒川を越えたら、密かに通じている佐竹の軍が徳川方を裏切って背面を遮断し、そこに景勝の軍で襲い掛かる。しかし、そこでは負けると見せ掛け、低地となっているこの革籠原に敵を誘い込む。その後、逆流させた川の水を一気に流し込んで、敵が身動きできなくなったところを、潜ませていた直江ら上杉の諸軍が包囲して、高原山麓から一斉射撃を浴びせ掛け、最後に騎馬隊・足軽隊で、その全て殲滅する――。

これは、幼き頃より軍神と仰ぐ不識庵謙信より賜った全武略を駆使して、兼続が練り上げた渾身の策であった。これを、兼続より伝えられた上杉の諸将は、勝利を確信し、「内府、何するものぞ!」と、大いに士気があがっていた。

こうして、万全の策を巡らし、後は迎え撃つばかりとなっていた矢先、家康が軍を西に向けたことは、〝正義の名の下、正々堂々合戦において雌雄を決し、豊臣家を危うくする君側の奸家康の首を取った後は、豊臣政権における上杉の地位を高めん〟と、画策していた兼続にとって、他の諸将同様、驚嘆するだけでなく、残念でならないことであった。

この兼続の周到な策が、無に帰すこととなった三成の動きは、以下のようなものであった。

家康が伏見城を後にした直後の七月二日、まず三成は、上杉討伐に加わるべく東下途中であった盟友の大谷刑部少輔吉継を佐和山城に招いて家康打倒の密謀を打ち明けた。続いて増田長盛と安国寺恵瓊も誘い、十二日には四者による挙兵計画を練った。そして、三成では人望が薄く、諸将は集まらぬという吉継の言を受けて、早速毛利の外交僧である恵瓊が説得工作に動き、打倒家康の総大将として家康と同じく豊臣政権の宿老である毛利中納言輝元を担ぎ出し、大坂城の西の丸に入れて、十七日には、諸大名に対して十三カ条からなる『内府違いの条々』と題する家康弾劾の条書を公布することで挙兵を促し、すぐに家康不在の伏見城を攻め始めた。

ここまでが、家康を討つべく、兼続がこの会津の地で準備を進めていたこの一ヶ月弱の間に上方で起こった出来事である。

「御屋形様、これは千載一遇の好機にござりまする。今すぐ追撃致しましょう！」

兼続は、革籠原での決戦が無くなったところで、すぐに気持ちを切り替え、次なる打倒家康の為の軍議を開き、そこで景勝にこう進言した。転進する敵を追撃することは、兵法上、常套手段なのである。

敵に背後を見せての撤退は、討ち取られる危険性が非常に高いものとなる。特に、撤退する数が多ければ多い程、移動には時間がかかる為、その危険度は高まる……。

此度家康は、七万という大軍を有し、それを撤退させなければならなくなった。背後から上杉軍が襲い掛かれば、家康の首を上げることも夢ではなく、そのまま江戸を攻めれば、江戸城をも落とす公算が立つ。

事実、この時の徳川勢の引き上げは、追撃して来るであろう上杉軍を恐れて、味方がまだ渡り切っていない橋を落としてしまうなどの、慌てふためきようであった。

「殿、そう致しましょう。今襲い掛かれば、内府の首を上げることができまする！」

兼続の言を後押しするように、泉沢久秀が言った。

久秀は、景勝の側近で、かつて兼続と共に、十左衛門を追討した男である。

この席上、兼続は景勝から即時追討の命をいただけると信じていた。と、いうのも、今まで景勝が、兼続の進言に首を縦に振らなかったことは、無かったからである。

「……追討はならん」

上座にドシッと腰を下ろし、重々しい雰囲気を醸し出している景勝が、低く重い声でボソリと言った。

〝?!〟

その一瞬、兼続は景勝の言葉の意味が分からなかった。

「追討はならぬぞ兼続」

言い聞かせるように景勝が言った。

「何故《なにゆえ》にござりまするか?!　何故《なにゆえ》家康を追ってはならぬと!!」

兼続が、気を取り戻したように言った。

「上杉家は、謙信公以来、義によってのみ戦をする家柄である。今、退却しようとするものを背後より襲うは卑怯千万。謙信公が最も嫌う行為であり、上杉の軍法にはないものである。追撃などしては、天下万民より信を失う。決して追討してはならぬぞ！」

兼続は、景勝の言に言葉を失った。同じように、そこに居並ぶ諸将も皆、一言も言葉を発せなくなった。

景勝は続けた。

「内府とは、正々堂々正面から戦いを挑む！　もし、治部殿が武運拙く内府が上方において勝利すれば、再び我らに決戦を挑んで来るであろう。その時の為にも、我らは背後の最上を討ち、領土を拡大して、更に盤石な体制を整えておくことが肝要である。それに、今、我らが西に向け兵を進めれば、白石城を落とした伊達が、必ずや会津を奪いに来る。それも警戒せねばならぬ！」

寡黙な景勝が、この時だけは、言い聞かせるようにして困惑の色を隠すことのできない諸将に言った。
「御屋形様……」
兼続は、それ以上何も言えなかった。だが、心の内では、無念でならなかった。

確かに、上杉は最上領と境を接しており、最上の領主である義光《よしあき》は、背後から上杉を脅かす存在であった。よって、この最上を討ち滅ぼし、最上領を手にすることができれば、現在分断されている会津・庄内・佐渡の上杉領は一続きにさせることができ、再び家康が攻めてきた時には、より強大な力をもって、迎え撃つことができるという利点がある。

逆に、軍を最上ではなく上方に向かう家康追討に向ければ、その機に乗じて伊達が会津を攻め取る危険性があった……。

しかし、兼続としては、望まない転封により賜った会津は、上杉にとってさして大事ではなく、むしろ、家康を倒し、その首を取ることこそ、今後の上杉家の為にも日の本全体の為にもなると読み切っていた。家康の首さえ取れば、上杉の望む世に変えることすらできるのである。

このように兼続は、戦ばかりでなく、その後のことも見据えて、どう動くかという〝戦略〟を練る政治能力のある謀将であった。しかし上杉軍を統括する景勝自体は、残念なことに物事を大きく捉えることができず、ただ、義を貫き、襲い掛かって来る敵を如何に打ち払うかという〝戦術〟面にしか目が向かない義将でしかなかったのである……。

　平時においては、景勝の人間性は、賞賛されるべきものであるが、事、食うか食われるかの戦乱の世においては、景勝の思いは、甘きものとしか言いようがなかったのである……。

「伊達が、次に狙うは福島城……。某、これより我が軍を率いて福島城の救援に参ります る」

　兼続は、一時悲痛な表情となって肩を落としたが、それ以上景勝に反することは止め、ただ景勝の考えに素直に服するように言った。

「うむ」

　そう答える景勝に、目を向けることなく一礼すると、兼続はそのまま軍議の場から立ち去った。

　その様子を見ていた諸将は、兼続の心中を思い図って、誰一人言葉を発さなかった。

〝無念なり……〟

兼続の脳裏に、景勝には黙って風魔を使い、家康の首を上げようかとする陰湿な企みが一瞬過った。しかし、先程の景勝の姿を想起すると、思い留まらざるを得なかった。

〝無念なり……〟

そう何度も心の内に唱えながら、兼続は軍勢を従えて、一路福島城に向けて疾駆していった。

一方、小山宿で三成の挙兵を聞いた家康の方は、こうであった。

家康は、共に東下した八十余名の諸将を集め、以後どのように動くかについて話し合う場を設けた。世に言う『小山評定』である。

三成を誘い出さんが為、上杉征伐という大掛かりな行動に出た家康は、三成が挙兵しても、その人望のなさから味方は集まらず、はっきりとした反徳川のものらと共に、容易く一掃できると踏んでいた。

しかし三成が、総大将に毛利中納言を立てたことを知るや焦りを生じ、敵が如何程にまで膨らむか、予想できない事態となった。

輝元の総大将就任は、毛利の外交僧であった恵瓊の工作により実現し、それに対抗していた親家康派の吉川広家は、恵瓊に出し抜かれて、これを阻止することができなかった。

　小山まで随行した諸将のほとんどは、豊臣恩顧の大名であり、その妻子は大坂で人質にされてしまったことで、三成方につくものが出ることが予想された。

　それを阻止すべく家康は、早くから味方に引き入れていた黒田長政を使って、豊臣恩顧の大名の代表的存在である福島正則を懐柔して、評定の席で「三成は、秀頼公の為と称して挙兵したそうだが、あのものこそ己の野望の為に秀頼公を操ろうとしている奸臣である。某は、豊臣家の為、妻子を捨ててでも、内府殿にお味方致す！」と発言させた。

　これにより、一気に三成憎しの雰囲気が高まり、一人も三成方に走らせることなく、徳川方は結束を固めることに成功した。

「正信、またしてもお主に助けられたわ」

「お褒めにあずかり、恐悦至極に存じまする」

　勝負を賭けた評定の後、家康は本多正信に礼を申した。

　何故なら、この評定が成功したのも、この男の神算奇謀によるものであったからである。

それは、早くから黒田長政という使えそうな男を取り込み、豊臣家恩顧の大名をこちら方に引き入れるように画策していたことと、その長政を使って、福島を取り込むことを家康に献策したものこそ、この謀臣本多正信であったからである。

「飛車も、早ように弾いておいてよかったわ。本にお主は恐ろしい男よ……」

家康が、妖しい含み笑いをして、正信に目をやると、正信は半分広げた扇子で口を隠して薄笑いを浮かべた。

飛車……。それは、予て家康と正信が会話の中で、邪魔ものとして数えていた一人、加藤主計頭清正である。

この前年、九州において、島津氏の家臣であった伊集院氏が、主家に反旗を翻すという庄内の乱が起きた。この乱は、家康が豊臣政権の宿老として収拾を図っていたものであったが、そんな最中、清正が反乱を起こした伊集院忠真を支援していたことが露見した。

この背信行為ともとれる清正の失態に、正信は即座に目を付けた。

清正は、豊臣恩顧の大名の中で、最も秀吉に恩義を感じ、何よりも秀頼大事とする忠義の漢である。そしてその存在は、諸将に対して福島以上に影響力をもっていた。

しかるに、その清正が上方にいては、豊臣の力を削ぐのに、家康にとって何かと不都合であり、正信としても、早くからこのものを除外する機会を窺っていた。

であるから、事が露見するや、正信は好機到来と、即座に清正の上洛を禁ずるよう家康に進言し、上杉征伐が決定しても、清正には国元に止まるように命じた。

こうなると、清正がそのまま三成方に与することも考えられた。しかし、そこは謀に長けた正信である。清正の三成憎しの思いは、誰よりも強いという所を計算に入れ、清正が懇願した上杉討伐への参加は、家臣のみ許すという絶妙なる処置を用い、清正自体は、九州に残って、長政の父である黒田如水らと共に、九州の三成方の勢力を討伐するよう家康に命じさせて、離反しないよう画策した。

もし、『小山評定』に清正がいたら、事はこうも上手く進まなかったであろう。三成を相手とする天下取りの戦は、その盤上で当の三成が知らない間に、家康と正信によって、着々と布石が打たれていたのである。

ちなみに、三成挙兵の報を家康に伝えたのは、三成方の首脳陣の一人である増田長盛であった――。

三成方はその後、毛利、安国寺、大谷、長束の他に、宇喜多、小早川、小西、島津、長曾我部ら八万二千にまで達する大軍勢が集まるが、その内情は決して結束しているとは言えず、それは家康と正信によって、次第に瓦解させられていくこととなる……。

家康の軍は、先を競って上方をめざした。

その一方で家康は、上杉の追撃に備え、宇都宮に次男の結城秀康を配置し、更に、上杉が身動きの取れぬよう、伊達と最上に背後から牽制するよう命じて、自らも江戸へと向かった。

此度、家康が天下取りの為に全身全霊を三成方殲滅に傾けるには、後顧の憂いは取り除いておく必要があった。すなわち、背後の上杉を会津の地に釘付けにしておかなければならなかったのである。それが成し得るかどうかは、政宗の動き奈何に掛かっていた。

何故なら、政宗がいきなり裏切り、上杉と共に東より襲って来たならば、家康方は東上して来る三成方に挟み撃ちにされる可能性があったからである。

だからこそ家康には、是が非でも上杉と敵対状態のまま、奥羽の地に政宗を止まらせておく必要があった。

だが、相手は最も油断のならぬ政宗である。豊臣政権下にあっても、天下取りの野望が見え隠れする独眼龍を、家康は誰よりも警戒した。

事実、政宗は兼続が福島城に入るや、攻略した白石城を修復して、北目城まで兵を引く動きを見せた。

これは、自らが上杉に対して、消極的な動きを見せることで、家康がどう出るか見極める為の、政宗なりの駆け引きであった。

家康は、この動きを敏感に察知し、八月二十二日に、政宗に対して〃此度の戦が勝利した後は、政宗に伊達家の旧領であった苅田、伊達、信夫、二本松、塩松、田村、長井の七郡を与える〃と記した判物を与えた。

この家康の対応に、政宗は歓喜した。旧領の回復は、伊達家にとって悲願である。家康は、政宗が最も欲しがるものを与えることを引き換えにして、自らの天下取りを有利に進めようとしたのである。

「殿、これは吉報にござりまする。これで米沢を取り返すことが叶いまする」

小十郎が、政宗に祝いの弁を述べた。

「ふふふ……。内府め、よほどわしが気になると見える。これだけの加増、普通ならあり得ぬことじゃ」

「御意、此度のご加増により、伊達家は百万石を有する大大名とあいなりまする」

「百万石か、誠夢のようじゃ。此度の戦により、敵方となった上杉、毛利、宇喜多ら宿老どもが消え失せれば、伊達家は徳川に次ぐ勢力となることができる。ここは正念場じゃ。心して掛からねばならぬな」

そう語る政宗は、いつになく上機嫌で、もう百万石を手にしたかのようであった。

この時の伊達家の領地は、五十八万石である。それに、今回加増される七郡の約五十万石を合わせると百七万石となる為、政宗は上杉に睨みを利かせることだけで、大きな力を手にすることが決定的となったのである。

この家康より賜りし判物（約束手形）は、歴史上『百万石のお墨付』として、後世に知られることとなる。

家康は、この判物を出すにあたり、上杉との戦闘は控えるよう政宗に言い渡した。

政宗は、この家康の命に従い、白石城に止まり、ここから上杉を牽制する姿勢を見せたが、その一方で、小十郎の進言により密かに上杉との和睦を進め、両者の間で驚くべきことを取り交わした。

それは、〝今後、上杉が江戸に攻め寄せることあいなりし時は、伊達もこれに参陣する〟というものであった。

これこそが、諸大名から政宗が警戒される所以となるところである。

政宗は、百万石の判物をしっかりと手にしながら、万一その判物を出した家康が敗北することまで計算に入れ、敵方の上杉と裏で繋がるよう画策した。

正に、抜け目のないこのしたたかさこそ、政宗の真骨頂といえるものであり、上杉と和睦が成ってからの約半月の間、政宗は涼し気な顔で、日和見を決め込んだのであった。

二

九月になってすぐ、兼続は伊達との和議が成立すると、目下の敵である最上をどのように攻めるか、米沢にて軍議を開いた。

その米沢において兼続は、風魔小太郎と密かに会っていた。

「小太郎、調べはついたか」

「はい、やはり某の推察した通りでございました」

小太郎が口にした推察とは、伊達による白石城攻めの最中、風魔衆を放って政宗を亡きものにしようとした謀が失敗した直後、その伊達より福島城の城門前に捨てられた風魔衆の全ての骸の背に、〝十〟と刻まれた刀傷があったことから読み取りしことであった。それは――。

〝十字傷……。これ正に、あの親子の名に通じるもの……。己の存在を示し、己に係われば、容赦はせぬと警告しておる……〟

小太郎は、伊達の陣に十四郎がいることを、はっきりと感じ取った。

「あれより三度《みたび》、政宗のいる白石城内を探らせましたが、忍び入ったものは全て、骸となって打ち捨てられおりました。そして、そのものらの背にも同じく、あの十字傷が刻まれておりました。探りに入れしものらは、我が手のものの中でも精鋭……。それをあのような姿にできるのは、あのものしかござりませぬ」

「霧風十四郎だな……」

「はい、殺られたものの一人は、肋がバラバラに砕かれておりました。あれは、闘気術によるものにござりまする」

その返答に、兼続は目を剝くようにして小太郎を見た。

「何故、お主が行かぬ?!」

兼続の言葉には、憤りが満ちていた。

それに対し、小太郎は全く動じず、ただ冷たい目を兼続に向けていた。

兼続の血走った眼は、他のものが受ければ、気圧され恐怖を感じる程のものであった。しかし、小太郎の目は、その怒りの炎さえも凍りつかせてしまう程の冷たさを宿していた。

しばらく、二人はそうして視線を合わせていたが、小太郎のその妖しく冷たい眼に、恐怖に近い何かを感じ取った兼続は、小太郎に向けた目をスッと逸らした。

「ちっ、役立たずめ……」

兼続が、苛立った様子で舌打ちした。


小太郎は楽しんでいた。

朝鮮の時のように、いきなり十四郎を伊達の陣で襲ってもよかった。

しかし、十四郎が如何程腕を上げ、舞い戻って来たのかを、小太郎は実感しながら、その脅威を喜びとして楽しんでいたのである。

〝どうせ殺すなら、命の駆け引きを楽しみながらの方が殺《や》りがいがあるというもの。いずれあ奴とは、闘うべき場所で決着をつける時が来る。今はただ、その時を楽しみながら待つのみ〟

「ふっ……」

小太郎の口元には、微かだが笑みがあった。

「今は、最上攻めを有利に進める為に、和議を交わした伊達と事を構えるわけにはいかぬ。だが、あのものも捨て置けぬ。これからは小太郎、お主だけで、あのものを捕らえて参れ。お主らがしくじったせいで、軒猿のものらにお主らの存在がバレておるに違いない。慎重にやるのだぞ、よいな！」

「……御意」

怒りが収まらぬままの兼続に、小太郎は更に冷ややかに答え、いつもの如く霞の如くその場より消え去った。


こうして、十四郎からの警告に対し、小太郎がより十四郎との命のやり取りに凶喜とも言える喜びを感じて、再び十四郎に忍び寄ろうとし始めた同じ頃、白石城から本陣が移された北目城に、十四郎を訪ねて意外な客がやって来た。

その客は、城内に通され、小十郎が一時的に身を預かり、そのことは、鬼丸から十四郎へと伝えられた。

「客人？」

ほとんど、身内も知り合いもいない十四郎にとって、己を訪ねて来たものがいることに、いささか驚きと不信感を覚えた。

「おう、小十郎様の話だと、女子《おなご》が一人、従者も伴わず、お主を訪ねて来たそうじゃ。この臨戦態勢の中、女だてらに逞しいことよ。で、誰じゃ。こんな戦の最中、訪ねて来るとは、ただの関係ではあるまい」

鬼丸が、にやけ顔で十四郎に尋ねた。

「誰じゃと問われても、全く見当がつかぬ……。よもや、敵が放った間者ではないか、だとすれば、殿と小十郎様のお命が危ない！」

　十四郎の表情が、一変した。

「いやいや、どうも小十郎様もお知り合いのようじゃ。わしもチラリと見たが、その物腰から、くノ一ではない。あれは察するに、武家の娘じゃな。細身のええ女子じゃったぞ。お主も隅に置けぬな〜。あのようないい女、いつ知り合うた。これを知れば、紫蝶がさぞ悲しむじゃろうな〜。紫蝶の時といい、お主は女子に追い掛けられてよいな〜。わしも一度でいいから女子に追われてみたいものじゃ〜」

「何を言われる！　わしには一向に心当たりがないわ！　ましてや、武家の娘なら尚更知らぬ！　それに、紫蝶殿とは何でもなかったわ！」

　いつもは物静かな十四郎ではあるが、鬼丸にちゃかされたせいで、この時は珍しくむきになって言い返した。

「わっはっは……。悪い悪い、そうむきになるな。それより早よう行け、お二人がお待ちじゃぞ」

　鬼丸は十四郎に対し、常に明るさを意識した接し方をしていた。それは、その身に背負った哀しき宿命により、あまり笑顔を見せぬ十四郎の気持ちを幾ばくか軽くしてやりたいという鬼丸なりの想いからであった。

十四郎は、この鬼丸の気持ちを当然気づいていた。そして、口にはせぬが、その想いに感謝していた。

「ほら、早よう行かぬか」

そう言いながら、鬼丸が十四郎の背を叩くようにして押した。それに促されるように、十四郎は鬼丸をチラリと見るや、鼻から息を一つ漏らして、そのままその場を立ち去った。

「十四郎……」

鬼丸は一人、優し気な目をしてポツリと言った。


〝誰じゃ……〟

十四郎は、疑問を胸に抱きつつ、城の客間に面した庭に来ると、片膝を突いてその場に平伏し、「お呼びで……」と発した。

「おお、来たか十四郎」

客間の中央より、小十郎の声がした。

「十四郎、そこでは話が遠い。縁に上がるがよい」

「はっ」

十四郎はそう答えると、身を低くして素早く縁に上がり、再び平伏した。

するとその客間には、小十郎と訪ねてきたという女子だけが向き合って座していた。

「十四郎、このお方を知っていよう」

小十郎が、十四郎に言った。

それに反応するように、十四郎は頭を少し上げて、その女に目を向けた。

「あなたは……」

「十四郎様……」

客間の中央で十四郎を待っていたのは、柳生石舟斎の娘である初であった。

「なぜあなた様が……」

十四郎が初と会うのは、高野山に赴く途中に立ち寄った柳生の里で別れて以来のことである。

その時のことに思いを返すや、一瞬にして、別れ際に初が点ててくれたあの時の茶の味が口の中に蘇った。

「十四郎、初殿は、お主に会いたいという一心で、このような戦場《いくさば》にまで来られたようじゃ」

「某に会いたいと……」

十四郎は、少し困惑した表情となり、初は黙ったまま俯いていた。

「実は二年程前、内府様の屋敷に殿と招かれ茶をいただいたのだが、その時に茶を点てておられたのが、内府様の剣術指南役であらせられる宗矩殿の姉君、この初殿であった。わしはその時、お主が帰参したならば、是非知らせてほしいと初殿に頼まれておった故、先達てお知らせしたのじゃが、まさかこうしてこのような地にまで参られるとは、このわしも驚きいったと、今、初殿に話しておったところだ。さすがは天下に名高き柳生石舟斎殿の御息女、女子とは思えぬ見上げた度胸じゃ」

小十郎の語りに、初は更に俯き、顔を赤らめた。

「初殿、某は殿の下に戻りまする。あとは女中に言い聞かせておく故、ここを自由に使われるとよい。不便なことがあれば、何でも申しつけられよ。それでは、これにて……」

そう言うと小十郎は、一礼するやスクッと立ち上がり、その場より立ち去ろうとした。

「片倉様……」

初が、小十郎に声を掛けた。すると小十郎は、ニコリとして縁に控える十四郎の方に行くと、「あとは任せる」と十四郎に一言申し述べ、政宗の居室の方へと姿を消した。

小十郎がいなくなったその場に、しばらく沈黙が続いた。

「お久しゅうございます……」

ようやく初が口を開いた。

「……いつぞやは、お世話になり申した……。某に何かご用でも……」

十四郎が、控えたままの姿で答えた。

「……話をするには少し遠いですね……。こちらに来てくださいませんか……」

初が、控え気味に十四郎に言った。それに対し十四郎は、口をつぐんだまま、その場にじっと控え、再び妙な沈黙が二人の間に生まれた。

「もう！」

初がいきなり声を上げた。そして立ち上がると、十四郎の側まで歩いて行き、そのままスクッと座った。

「私《わたくし》は、あなた様に会いに参りました」

少しふてったように初が言った。

「……何用で……。宗矩殿から、何か密命でも……」

感情を表に出すことなく、十四郎が言った。

「そのようなものはありません！」

初が声を上げた。

「私は、あなた様と初めてお会いしたあの日より、ずっとあなた様をお慕い申しておりました！」

一見、清楚にしか見えぬ初ではあるが、それは、武家の娘らしい潔さを感じる程の一言であった。

「……某を、揶揄っておいでか……。そうでなければ、某と関わったことで、何か柳生様に災いでも」

「違いまする！　私は父の下から逃げて来たのでございます！」

「逃げて……」

それまで平静を保っていた十四郎が、初めて頭を上げ、少し困惑したような顔で初を見た。

「やっと、私を見てくださいましたね」

初が、ニコやかな表情となって言った。

「あなた様が柳生の里を去られてから、私には度々縁談の話がありました。しかし、父に頼み込んでそれを全てお断りしていました。ですが、此度ある大名家との縁組の話が持ち上がりまして、それには内府様のお声掛けがあったことから、お断りできなくなっておりました。そこに、片倉様よりあなた様が帰参したとの文を頂きまして、どうにもじっとしていられずに、ここまで来てしまいました。十四郎様、私をあなた様の妻にしていただきとうございます！」

そう言って初は、十四郎の手を握った。

「お戯れはお止しくださいま……。あなた様は、武家の御息女。某は、唯の草のものにござる」

少し険しい目をして十四郎が初に言った。

「他に、お心においでのお方でもいらっしゃるのですか？」

初が、少し悲しい目で問い掛けた。

「そのようなものはござらぬ。ただ、某は日々闘いに身を投じております。いつ死んでもおかしくはござらん。故に、独り身でいることは、言わば宿命。誰にも交わらず、天涯孤独を旨に生きておりまする。よって、これがお戯れではないと申されるのであれは、これ以後、某に係わらぬようお願い申し上げまする」

そう言うと十四郎は、自らに添えられた初の手を、そっと放した。そして、そのまま庭に下りると、一礼して庭木の中にその身を隠した。

「十四郎様……」

初は、その場に取り残され、しばらく十四郎の消えた庭をじっと見つめていた。そして、唇に手を当てて声は殺したが、目から止めどなく零れる涙は、止めることができないでいた。

その涙は、十四郎に想いを受け止めてもらえなかったことによるものではあったが、それ以上に、ようやく想い人に再会できた喜びが、内から溢れてきたものでもあった。

政宗が、上杉と和睦し、日和見を決め込んでいた九月八日、兼続はいよいよ、二万四千の大軍を率いて最上征伐に発進した。世にいう〝北の関ヶ原〟と称される慶長出羽合戦が、ここに始まったのである。

兼続はまず、最上の支城である畑谷城を十二日に攻め、翌日にはこれを易々と陥落させた。その後、諸城砦を次々に撃破した兼続は、十四日には長谷堂城に襲い掛かった。その兜には、軍神『愛宕権現』にちなんだ金の『愛』の一字前立てが、眩しく輝いていた。

長谷堂城は、本城である山形城と唇歯の関係にあり、ここを破られれば、山形城はたちまち危殆に瀕する。

窮地に落ちいった最上義光は、予てから不仲ではあったが、誇りをかなぐり捨て、甥である政宗に援軍の要請をした。

この時、その要請を受けるか否か思案する政宗に、小十郎はこう告げた。

「殿、この援軍要請は受けてはなりませぬ。ここは最上と上杉、双方に死力を尽くして戦わせるのです。さすれば、最上は破れましょうが、勝利した上杉も疲弊すること でしょう。その機を逃さず、我らが全軍をもって襲い掛かれば、如何に直江山城とい えど持ち堪えられず、その首を上げることができまする。直江山城がいなくなれば、上杉の力は大いに落ち、最上領も我らのものにすることができまする。後々は、上杉 領全て、我らのものにすることも、夢ではありませぬ」

小十郎は、この策に自信の程を見せていた。そして、この策を謀略好きの政宗なら ば、必ず聞き入れると信じていた。

しかし、この言を聞いた政宗は、意外な返答をした。

「最上を見捨てることはできぬ……」

この言葉に、小十郎は驚愕した。

「殿、どうしてにござりまするか。この小十郎には、勝算がござりまする。このまま 最上と上杉が潰し合えば、我らが漁夫の利を得るというもの、どうか、この小十郎を 信じて、最上への援軍は、差し控えられませ！」

小十郎は、政宗より十も年上である。よって、景勝に仕える兼続同様、第一の側近 にして、戦場では軍事参謀といえる地位は同じであっても、景勝より五つも年若い兼 続とは、少しばかりその関係性に違いがあった。

それは、兼続がどこまでも景勝を仰ぎ見て、補佐し続けるのに対し、小十郎は唯の補佐役ではなく、時としては、師匠の如く政宗を教え導く存在であるという点である。

小田原参陣の折もそうであったが、迷える政宗を説き伏せ、参陣する道を政宗に選択させたことで、見事に小十郎は、伊達家を存亡の危機から救っている。

此度も小十郎は、その並ぶもの無しとも言える頭脳を駆使し、沈着冷静、いや戦国武将ならではの非情ともとれる策を政宗に与えた。

いつもの政宗であれば、多少の意見の食い違いがあっても、最終的には小十郎の策をよしとして、その方針どおりに事を進めていたが、今回はそういかなかった。

「何故《なにゆえ》?!……。この策が成れば、上杉百二十万石と最上二十四万石の両方が手に入りまする。さすれば、内府と渡り合える力を得、天下取りも夢ではなくなりまする!!」

「母上はどうなる!!」

〝!!〟

「保春院様……」

苛立つ様の政宗に、小十郎は言葉を失った。

「最上が攻め滅ぼされれば、母上も無事では済むまい……。それは何としても避けねばならぬ……。それに、武士として、内府への義理もある……。小十郎、わしは援軍を出すぞ……」

「殿……」

如何に毒殺されかけようとも、政宗のその哀しき心の内には、常に母の存在があった。

幼き日に片面を失い、醜い容姿になってからは、その膝に抱かれることもなく、寂しき心を抱えて政宗は生きてきた。その政宗の母を乞い焦がれる想いは、他のものには分からぬ程深く、それが、政宗の心の支柱となっていた。

その心の支柱とも言える母の命が懸かっている今、政宗には、形振り構わず己の夢である天下取りに打って出ることができなかったのである。

小十郎は、それ以上何も言わなかった。

小十郎然り、兼続然り、左近然り……。参謀は皆、『謀』を常として、主君の為に身命を賭して仕えた。しかし、この三人の参謀は、政宗、景勝、三成という、それぞれがそれぞれである所以とも言うべき特質に、しばしば己の『謀』を引かねばならない場面があった。

その特質とは、政宗は『愛』を求め、景勝は『義』を貫き、そして三成は『理』を通し過ぎるというところであった。

この主君と参謀の思いの違いが、様々な出来事を生み、事を複雑化させて、後々、理想を摑み損ねることに繫がることになった……。

が、しかし、これこそ人間らしいと言えば人間らしく、それだからこそ、この三人には、時を経ても魅力を感じるのではないかと思えてならない——。

ただこの時、主従が共に『謀』をその行動基盤の第一に掲げ、その考えに寸分の違いもなく天下取りという目的に、形振り構わず突き進んだものらがいた。

それこそ、既に述べた家康と正信である。

故に、彼らは強かった。

事実、家康は一年前から、伊賀者を掌握していた柳生石舟斎に畿内を探らせ、宗矩には、長兄である厳勝《よしかつ》の妻が島左近の娘であることを利用して、直に左近と接触させ、石田方の徳川に対す考えを聞き出し、それを報告させていた。

そして、小山の陣においても家康は、「上方で三成が挙兵した。ついては、伊賀上野の城主筒井伊賀守と共に、浪人どもを集めた石田方の後方を牽制せよ」という石舟斎宛の密書を宗矩に託し、それを実行させるなど、覇権を握る手筈を、先手先手で打っていた。

一切の情を捨て、己の欲望に邁進するものに、愛や理想を掲げて対抗していては、太刀打ちできぬのが、この戦国という時代である。

平和な世ならよいが、政宗も、景勝も、三成も、己の拘りを高らかに掲げるには、まだ時代がその時ではなかったのである……。

政宗は晩年、次のような言葉を残した。

仁に過ぐれば弱くなる
義に過ぐれば固くなる
礼に過ぐれば諂となる
智に過ぐれば嘘をつく
信に過ぐれば損をする

これは、思いやりが過ぎれば相手は柔弱になり、正義を通し過ぎれば融通が利かなくなり、礼儀正し過ぎるとおべっか使いとなり、知恵が回り過ぎると平気で人を騙し、人を信用し過ぎると馬鹿をみる。よって、『仁』『義』『礼』『智』『信』は、武士の守るべき心構え成れど、過ぎては危険を伴うので、程々がよいというものである。

確かに、かの不識庵謙信公も『義』に過ぎたことで、天下を逃したと言えるであろう。

だが、かく言う政宗はどうかというと、母への『愛』が過ぎた……。

当人は気づいていないが、小十郎の進言を撥ね付けたこの時、政宗の天下取りの野望は潰えた——。

折しもこの日は、美濃国関ヶ原にて、家康率いる軍（通称　東軍）と三成が中心となって率いる軍（通称　西軍）が、天下分け目の合戦を行っていた正にその当日であったのである。

哀しいかな奥州の諸将は、この事実を、この時点で誰一人として知らなかった……。

第七章　大対決

一

「仁衛門様……」

「どうした」

「例の男ですが、所在を摑みました」

「何！　どこにおる」

「はい、奥州にて、何やら暗躍しておるようです」

「奥州……」

一瞬で、仁衛門の目元が険しくなった。

〝直江山城の手先となって、陰で動いておるか……。大方その目的は、政宗公・義光公の命を奪うこと……〟

「ご苦労であった」
「はっ」
仁衛門に知らせをもたらした男は、そのまま闇に消えた。

この時の仁衛門は、年を取り過ぎ、十分な忍び働きができぬことと、小太郎により受けし屈辱を晴らすことを理由に、家康より軍から離脱する許しを得、小太郎探索の為、関東に地にいた。

家康《次郎三郎》としては、大戦を控えた大事な時故、仁衛門を側に置いておきたかったが、伊賀衆の全てを半蔵正就が統率する体制を整えるよう申しつけることで、仁衛門の願いを聞き入れた。

これは、家康《次郎三郎》の中に流れる本来の忍びの血が、仁衛門の気持ちを推し量ったことによるものであり、こうすることが、長きに亘り己に仕えてきた仁衛門に対する忍びとしての礼であると考えたところが大きかった。

それと共に、仁衛門が小太郎に対峙することで、幾分かでも恩義のある十左衛門の息子である十四郎を救うことになるやもしれぬと家康《次郎三郎》が考えたことも、この断を下す理由となった――。

知らせを受けた仁衛門は、素早くこう読んだ。

〝十四郎は、伊達家に帰参したと聞く。おそらく小太郎もこのことは既に察知しておるはず。さすれば、伊達の陣へと十四郎の命を奪いに行くが必定。そうはさせぬ！〟

仁衛門は、その全身を流れる血を熱く滾らせた。

「小太郎、首を洗って待っていよ」

そう呟くと、仁衛門は奥州に向けて一人疾駆した。

その頃、十四郎は、政宗に自らの策を受け入れてもらえず、一人無念さを噛み殺していた小十郎の側にいた。場所は、北目城内の部屋に面した庭である。

「のう十四郎、天涯孤独だというお主に改めて聞くのも何だが、どこぞに大切なものの一人ぐらいはおるのではないか」

小十郎が、おもむろに十四郎に尋ねた。

「そのようなもの、某にはおりませぬ」

十四郎が、言葉少なに答えた。

「そうか……。わしにはおるぞ。わしにとって、かけがえなきお方。それは殿唯お一人。わしは、殿の為であれば妻子はおろか、この命ですら投げ出せる……」

小十郎が、思いつめたように言った。

そのような小十郎に、十四郎はいつものように片膝を地に突けて平伏し、何も答えなかった。

「わしは……、わしはな。殿に、天下を取ってほしいのじゃ……。気性が激しく、一見、悍馬の如く見える殿ではあるが、あれ程慈悲深く、弱きもののことを想うお方はいない。殿が天下を取れば、必ずや万民の為の政をされるに違いない。だからこそ、いずれそのような政を殿にしていただく為に、敢えて此度、非情な策を申し出た。しかし、殿の保春院様を想うお気持ちには、敵わなんだ。誠、お優しきお方じゃ……」

小十郎は、少し歯痒そうに、そして、わずかに微笑みを浮かべて、そのまま縁に腰を下ろした。

「……小十郎様は、殿の為なら、どのような非情なことでもなさいますか」

黙っていた十四郎が、ボソッと言葉を発した。

十四郎は、兼続が己にした所業を思い返し、本当は〝殿の為なら、某を殺すこともできますか〟と小十郎に聞きたかった。しかし、自分でも分からなかったが、何故か躊躇して、気づいた時には、そう口走っていた。そのような十四郎の言葉に対して、小十郎は、〝ん?!〟というような表情をした。

「どのような非情なことでも……」

小十郎は、少し考えるような素振りを見せた後、「ああ、どのようなことでもやるであろうな」と、一言答えた後、「なぜ、そのようなことを聞く？」と十四郎に問い返した。

「いえ、小十郎様と殿は、切っても切れぬ厚い絆で結ばれておりまする。時には、意見の食い違いが生じることもありましょうが、孤独な身の某から見れば、誠に羨ましく存じまする」

微動だにすることなく、十四郎が答えた。

「そうか、羨ましいか……」

先程まで、少し苛立ちを見せていた小十郎の表情が、十四郎の言葉に絆《ほだ》されたのか、穏やかさを取り戻していた。

「はい、羨ましい限りにござりまする。小十郎様と殿の絆は、お二人が出逢ってすぐから紡いできたものと推察致します」

「出逢ってすぐとな？」

小十郎が、不思議そうな表情をした。

「はい、殿は幼少の折、内気であったとか。特に疱瘡で右目を失ってからは、いっそう人前に出ようとしなかったと聞きおよんだことがございます」

「あはは、そうそう。今では信じ難いがな……。腫れあがった右目を気にして、人前に出ようとしなかった」

「それを見かね、小十郎様が、腫れし右目を抉り取ることを進言すると、殿はそれを受け入れ、小十郎様自らが取って差しあげたとか。これだけでも、並の主従を越えた関係にござります。殿の小十郎様に向ける信頼が、分かるものにござります」

「ふっ、そのようなこともあったな。だが、誰に聞いたか知らぬが、その話は少々大きくなっておる。それでは、目玉を取り出したように聞こえるが、わしは大きく腫れあがった瞼を突き刺して、溜まった血を取り除いて腫れを引かせただけじゃ。普段は眼帯を付けておる故分からぬが、白く濁った眼球が、殿にはちゃんと残っておる。いつか治るやもしれぬと殿もわしも信じておる故、見えぬからといって、取り除くことなどできはしなかったわ」

懐かしそうな目で、小十郎が言った。

「そうでしたか。ですが、主君の体に刃物を入れるなど、決してできぬこと。やはりお二人の間には、他のものが立ち入れぬものがござります」

十四郎が、控えた形《なり》で、更に言葉を重ねた。

「これからも、何があっても殿をお支えせねばならぬな」

十四郎の言葉に触発されたように小十郎が言った。

「はい、身命を賭して……」

十四郎が、神妙な面持ちで言った。

「ああ、命を懸けてな」

小十郎も、同じように真剣な眼差しで言った。

「ところで十四郎、初殿のことはどう致すのだ。あの方は、お主を慕ってこの地にまで来られたのだぞ。正直なところ、お主は初殿のことをどう思っておるのだ」

思い出したかのようにして、小十郎が十四郎に問うた。

「某は、別に……」

表情を変えることなく十四郎が答えた。

「まあ、余計な世話を焼くつもりはないが、このままでは、初殿が不憫じゃ。最上への援軍は、三日後の二十一日に出すことが決まったぞ。相手は直江山城守。止めたとしても、お前は参陣することを臨むであろう。で、あれば、それまでには、もう一目だけだけでも会って差し上げよ。それが、初殿への礼儀ではないか。な、十四郎……」

諭すような言い回しで、小十郎は十四郎に言うと、そのまま腰を上げた。

「殿の警備は、出陣までの間、鬼丸に任せることにする。だから、初殿のところに行って差し上げるのだぞ。よいな」

「いえ、某は……」

十四郎が、己の考えを言おうとしたその瞬間、小十郎は手を十四郎に向け差し伸ばし、その掌でその言を止める仕草をした。

「よいな、十四郎」

何かを察しているかのように、小十郎は十四郎に念を押すように言った。それに対して十四郎は、少し思いつめたような表情で目線を落とした。


それから二日の後《のち》、十四郎の姿は、初のいる客間に面した庭にあった。

「会いに来てくださったのですね」

季節は、すっかり秋めいて、日が陰ると、寒ささえ感じる頃である。

そのような中、初は十四郎が訪ねて来ることを、ただひたすら待ち望み、床に就くまでの間、毎日障子戸を開けて、客間に一人静かに座っていた。

「我が軍は明日、救援を求めてきた最上を助けるべく、上杉との戦いに出向くことになりました。これより先は、どのように戦火が広がるか分かりませぬ。きっと、石舟斎殿や宗矩殿も案じておられるはず。戦が大きくならぬ内に、早々に国元に帰られよ」

十四郎は、部屋に入ることなく、その場に立ったままの姿で、視線を送る初に向かって言った。

「……」

初は、十四郎の言葉に、ただ黙ったまま哀し気な目をした。

「初殿……」

十四郎は、そのような姿の初に、掛ける言葉がなく、ただ戸惑った。

「嫌にございます……。私も武家の娘。このような恥さらしなことを致しましたからには、帰るところなどございません。どうか、私をお側においていただきとうございます。この願いをお聞き届けいただかなければ、この場にて命を絶ちまする」

そういうと、初は胸に挿した懐剣を握り締めた。

「ちっ！　何を馬鹿なことを！」

そう口にした十四郎の脳裏に、短刀を自らの胸に突き刺した紫蝶の姿が蘇った。

「くっ！」

十四郎は、歯を噛み締めてそう漏らすと、その場より一足飛びに飛んだ。そして、懐剣を握った初の手を上から摑んで止めた。

「何をなされる！」

そう言って初を見た十四郎は、己を見つめる初の瞳に言葉を失った。

「あなた様は、私がお嫌いですか」

十四郎を見つめたまま、初が言った。

「某は、唯の卑しき忍びにござる。好きとか嫌いとか……」

「身分のことを聞いているのではありません。私は、あなた様のお気持ちを聞いているのです」

「初殿……」

迫るように語り掛ける言葉とその初の瞳が、十四郎をわずかばかりたじろがせた。そうすると初は、そのまま十四郎の胸に寄り掛かるようにして身を倒し、両腕でその鋼のような逞しい体を抱きしめた。

「あなた様が、柳生の屋敷を後にする折、私は茶を点てて差し上げました。その時、私はあなた様に特別なものを感じました……。私が差し出した茶を手に取り、それを飲み干した後、私を見つめるあなた様の目は、私に何かを語り掛けておりました……。あの時より私は、またどこかであなた様と再会し、結ばれる運命であるように感じたのです」

「…………」

初の十四郎に寄せる想い同様、十四郎もまた、初に対して同じような想いを胸に秘めていた。

それは、どうにも説明できないもので、柳生の里で出逢って以来、その心の奥底に、忘れ得ぬ存在として初がおり、それがどうしてなのか、どうして初に魅かれたのか、十四郎自身にも分からないものであった。

「あなた様の妻にしてください。私はこれからどのようになっても構いません。明日にはまた、戦場《いくさば》へと赴かれるのでしょう……。このまま再び会えなくなるのは嫌にございます。どうか今夜一晩だけでも、お情けを頂戴致しとうございます」

十四郎は、己に身を預ける初を見た。白く美しい襟足が女を感じさせ、身を覆う上品で安らぎを与えるようなその香りは、常に鋭く張り詰めている十四郎の気を、わずかばかり和らげさせた。

「初殿……」

「どうかお情けを……」

初の瞳には、光るものがあった。

その晩、十四郎と初は、灯台の明かりを消した暗い部屋で二人、お互いを想う気持ちを確認し合うかのように、強く抱きしめ合った。そして、二つの個体が混ざり合うが如く、その想いを一つにしていった。


翌朝、障子戸に薄明かりが差す頃、十四郎は目を覚ました。その胸には初が、安らかな顔を寄せていた。

朝鮮における風魔小太郎との闘いにおいて、深手を負って以来、十四郎はこれ程深い眠りに就いたことはなかった。

だからこそ、このように寝入ってしまったことに、十四郎自身、信じられないものがあった。

「初殿……」

密着した初の体は柔らかく、そして温かかった。

やがて、初も目を覚まし、幸せそうな笑顔を見せた。

その朝は、出陣当日である。

二人は、衣服を整えると、しばらくお互いを見つめ合った。

「ご武運をお祈り申しております」

初が、寂しさを漂わすも、明るく強い瞳で言った。

「うむ」

十四郎は、それだけ答えた。そして、部屋より静かに庭に出ると、一度振り返って初を見た。

朝日の中に立つ十四郎の姿は、眩しく光り輝き、その背には、これより宿命の闘いに赴こうとする武人の風格があった。

「行って参る」

そう言うと、十四郎は前を向き、そのまま風の如き速さで、初の前からその姿を消し去った。それは、決死の闘いに臨む為、一切の雑念を振り払うかのような十四郎の覚悟の表れでもあった。

「十四郎様……」

初は、朝の清々しくも、ひんやりとした空気の中、縁に反射した日の光を部屋の中央で受けながら、十四郎の無事をただ一人祈った。

二

政宗は、北目城にいて自らは動かず、留守政景を総大将として、最上に援軍を送った。その数は、鉄砲隊千二百を含めた総勢五千余りであった。

政宗は出陣に先立ち、十四郎に援軍参加の命を出していた。と、いうのも、十四郎は本来、政宗の身を守ることがその役目である。しかし、此度の敵の総大将は直江山城ということから、十四郎の心情を察した政宗は、本人が許しを願い出る前に、参陣するよう自らが言い渡して、心置きなく宿命の闘いに臨ませるよう配慮した。

命を与えた際、政宗は十四郎に言った。

「十四郎、風魔衆を使って我が命を狙いし直江山城は、もはやお主だけではなく、わしにとっても倒すべき敵である。風魔衆もろとも葬り、その因縁を断ってくるがよい。よいな！」

その言葉に後押しされるように、十四郎も答えた。

「殿……。この十四郎、直江山城守を仕留め、自らに纏わりつく因縁を断ち切った後は、必ずや殿の下に戻って参りますする」

二人は、これが最後の言葉になるやもしれぬという想いを、それぞれの胸の奥に仕舞い込んだ。

そして政宗は、それ以上何も言わず、修羅の待つ地へと赴く十四郎を、その哀しみの宿る隻眼で見送った。


〝伊達より援軍が来る〟

この知らせに、劣勢であった最上勢は、一気に活気づいた。

一方、長谷堂城攻めの最中にある上杉軍には、予告もなく伊達が和議を破却したことに動揺が走った……。

「おのれ政宗め、取り交わした約定を破るとは、やはり信用できぬものであった‼」

知らせを聞いた兼続が、怒りの表情で怒鳴った。

「ちと、面倒なことになりましたな」

凶報にイラつく兼続の側に立つ男が、さして気にする風もないような様子で、ポツリと言った。

ただ、その男の姿は大柄で、黒具足の上に猩々緋の陣羽織、首には金の数珠を掛け、背には金瓢箪を垂らすという、明らかに他のものとは違う異彩を放っていた。

この派手好みとも見て取れる一風変わった男、名を前田慶次郎利益と言った。歳は、景勝より二つ下、兼続より三つ上の四十四である。

この当時、奇矯な行動や奇抜な衣装を好むもののことを『傾奇者』と巷では呼んでいたが、この男は、その傾奇ぶりが京で評判となり、秀吉から聚楽第に呼び出された際も、奇抜な行動で傾き通したことが気に入られ、「どこにおいても傾くことを認める」と、傾奇御免状ともとれる許しを、秀吉自らが口頭で授けた程の天下一ともいえる傾奇者であった。

慶次郎は、前田大納言利家の甥である。しかし、甥とはいっても、利家の兄である利久の後妻の連れ子で、実の父は、信長四天王の一人として勇名を馳せた滝川数益の甥の氏益であった。

本来なら、この男が前田の名跡を父から受け継ぐはずであったが、信長の横やりで家督を利家が継ぐことになったことなど、様々な経緯があり、慶次郎は若くして前田家を蓄電した。しかしながら、一度戦に出れば、皆朱の槍を操って、抜群の功績を挙げるだけでなく、『源氏物語』や『伊勢物語』にも精通し、漢詩を詠み、和歌、連歌にも通じ、謡曲、能楽、茶道、書なども練達な文武両道の達人であった。

そんな慶次郎に、京の妙心寺の名僧南化和尚が、大変な書物好きであった兼続を紹介した。この戦のほんの二年半程前のことである――。

すると、すぐに二人は意気投合し、その縁で慶次郎は景勝に引き合わされ、その威風凛然として義に厚い景勝の姿に男気を感じた慶次郎は、自らこの戦に上杉方として参加することを決めて、盟友となった兼続と行動を共にしていた。

「兼続殿、如何致しますかな」

普段の兼続は、年をとっても若い頃からの眉目清秀さを失わず、弁舌爽やかな美丈夫といった印象を受ける人物だが、この時は、怒りで顔が紅潮していた。その怒りを冷ますような涼し気な表情と口調で、慶次郎が兼続に言った。

「伊達が出張って来るとなると、山形城の義光も援軍を出して来るに違いない……。いつまでもこの城に手こずっておっては、これからの最上領攻略に支障をきたすこととなる。早ようこの長谷堂城を落とし、最上の本体と伊達勢を迎え撃つ万全の態勢をつくらねばならぬ！」

そう語る兼続の顔には、焦りがあった。と、いうのも、この長谷堂城を攻め始めてから、早八日が経過していたのである。

長谷堂城は山城で、深堀に囲まれており、その中腹に空堀や土塁が巡らされていた。そしてその周辺は、稲田が広がるばかりで、全く身を隠すことができない為、この城は、攻撃側には厄介な難攻不落な要塞となっていた。それればかりではなく、城将志村高治をはじめとした城を守る兵は皆意気盛んで、日の本随一の強さを誇る上杉軍の猛攻を、怯むことなく、よく耐え忍んでいた。

「何か、手を打たねばなりませぬな……」

そう言う慶次郎の言葉に、兼続の目が鋭く光った。

「時をかせがねば……」

兼続は、そう言うなり陣所を出ると、一人そのまま姿を消した。

兼続は、木々の中へと入り込むと、「道利はおるか」と呼び出すような口調で言った。

「はい、こちらに」

その声と共に、道利が頭上から舞い降り、兼続の前に片膝を突いて平伏した。

「今宵、手勢十名程を率いて、こちらに向かって来ておる伊達勢に忍び入るのじゃ」

「伊達に……」

「そうじゃ、伊達の陣に入り込んで一暴れし、わずかでもよい、混乱を生じさせよ」

「混乱を……」

「うむ。混乱させることで、その足を止める。その間に、我らは長谷堂城に総攻撃を掛け、一気にこれを陥落させる」

兼続の顔は、陰を帯びた策謀家のものとなっていた。

「他のものは、如何致しましょう」

道刹が、微動だにすることなく、兼続に尋ねた。

「いつもの如くじゃ。事前に城内に忍び入り、我が方が攻め易いよう、要所を押さえさせよ」

「承知仕りました。それでは……」

「待て！」

「はっ」

道刹が、いつもの如く素早い動きで姿を消そうとした矢先、兼続がそれを止めた。

「……道刹、先程は一暴れと言ったが、隙あらば……、此度の総大将である留守政景の命、奪っても構わぬ」

「暗殺でござりまするか」

それを聞いた道刹は、目を見開いて、わずかに驚きの表情となった。

「……」

道刹の問いに、兼続は黙した。

「旦那様。このこと、御屋形様はご存じで？　……」

その道刹の問いにも、兼続は答えなかった。

「卒爾ながら……、御屋形様は戦の折、正々堂々戦場《いくさば》において雌雄を決することを常に望まれ、暗殺などという陰の策謀を嫌われておりました。その御屋形様が、此度のこと、ご自身で命じられたのでございますか」

影のものは、滅多に主の命に言葉を差し挟むことはせず、ただ言われるまま働くのであるが、兼続同様、景勝の性分を知り尽くしている道刹にとって、この命については、差し出がましいと理解していても、確認せずにはいられなかった。

「道刹、黙って我が命に従え」

兼続はそう言いつつ、身を低くして控える道刹に冷たい目線を送った。

「恐れながら、上杉家は、不識庵謙信公以来、不義を嫌う御家柄にござりまする。暗殺などは、その最も嫌うところと承知致しております。それでもせよと……」

「道刹、控えよ！」

そう言うなり、兼続は道刹に向け抜刀した。

しかし、太刀は空《くう》を斬り、道刹の姿は、二間（約三・六メートル）程後方にあった。

「伊達に忍び入る件、しかと仰せつかりました。しかし、暗殺については、御屋形様の命が無いのであれば、上杉に仕える軒猿は一人としてお受けできません。どうしても暗殺を謀るのであれば、旦那様が、御屋形様には知られぬよう陰で結びしものらを使われるのがよろしいかと存じまする……」

〝!!〟

道刹の言葉に、兼続の顔が、一瞬にして恐ろしき鬼のような形相に変わった。

「知っておったのか！　……」

「はい、我らは上杉子飼いの忍び、軒猿にござりまする。侮られては、心外にござりまする」

そう言うなり、道刹は死線に生きる厳しい忍びの目を、初めて兼続に向けた。

「むっ!!」

兼続は、道刹の目に気圧された。しかし、「……道刹、我が命に従え……」と、縛り出すようにして道刹に向けて言った。

「それでは……」

道刹は、何事も無かったかのように、その場より消え去った。

その場に一人残された兼続は、思わぬ道刹とのやり取りによって高ぶった気を、ただ静めようと目を瞑って、一つ大きく息をした。そして、剣を鞘に収めようとした時、「難儀なことですな」と言いながら、木の陰より風魔小太郎が現れた。

「貴様、いつから……」

兼続は、姿を現した小太郎に息を飲んだ。

「暗殺の件、某がお引き受け致しましょう」

そう一つ言うなり、小太郎も煙のようにその場から姿を消した。

この時、兼続は初めて、影のものらがもつ得体の知れぬ何かに、恐ろしさを感じ、その背にゾクッとする冷たい感覚を覚えた。そして「化け物らめ……」と、恐怖を抑え込むようにして言った。


笹谷峠を越え、最上領に入った伊達軍は、そのまま長谷堂城の救援に向かうと思われたが、不可思議なことに、長谷堂城の北東方一里半（約六キロメートル）に位置する山形城の更に東方、伊達領よりの半里（約二・五キロメートル）余りの地点で進撃を止めて布陣した。

「政景様、このようなところに布陣せよとは、殿は早馬で何を指図してきたのでございますか」

軍に随行していた小十郎が、政景に問うた。

「うむ、北目城での軍議で殿は、山形城が危なき故、最上の救援に向かうよう仰せられただけであったが、上杉に攻められていた上山城を最上が守り切っただけでなく、長谷堂城も、予想外に持ち堪えている旨の知らせを受け、少しお考えを変えられたのであろう。しばらくはこの地にて、様子見をせよとのお達しじゃ」

「様子見でございますか……」

この援軍出動に、はなから反対意見を申し述べていた小十郎の表情に、少し不快感が現れた。

「小十郎、そのような顔をするな。殿には殿のお考えがおありなのじゃ。我らはそれに従うのみ。まずは戦況を窺おうではないか」

「はい、かしこまりました……」

己の策を取り下げ、保春院を助けるべく、軍を一気に山形城まで進めねばならぬと考えを改めていた小十郎にとって、急な政宗の命令は、少々困惑させられるものであった。だが、小十郎はすぐに笑みを湛え、「ふっ……」っと、軽く鼻で笑った。

〝わしがおらなんでも、殿は一人で局面に応じ、柔軟に対応されるまでになられたか……〟

長年軍師として、時に助言し、またある時は諫言致すことで、政宗を支え続けてきた小十郎の胸中に、熱いものが込み上げてきた。

母の救出――。これは、政宗にとって、この援軍を派遣する第一の理由である。しかし、それによって、多大な損害を被ることは避けたいのも政宗の考えには当然あった。で、あるから政宗は、最上の善戦を知るなり、少し様子を窺う策に出た……。

これは、上方で行われる徳川内府と石田治部の戦いの結果がどのようになってもよいようにしておく為の判断で、とりあえず、最上に援軍を出した事実を作っておけば、内府が勝利した時は、上杉と対抗したという事実が残るだけでなく、逆に治部が勝利したとの報が入った場合は、即座に上杉との約定は破っていなかったとして、この援軍を最上攻めに転じさせて、戦闘もしくは義光との交渉で母を救い出し、その後は、治部少輔が中心となって立て直されていく豊臣政権の中での立場も保つことができるであろうという、独眼龍政宗らしい、一流のしたたかさが垣間見えるものであった。

その全てを、小十郎は即座に判断できた。だから、政宗の成長に、笑みが零れた。

このようなやり取りを政景と小十郎が行っていた陣幕の外には、護衛の任に就いている十四郎が、唯一人一切の気配を消し去って控えていた。

その夜半、黒い幾つもの影が、伊達陣中に侵入し、警備の兵を次々に斬り倒した。

「曲者じゃ!!」

陣中に緊張が走った。

〝軒猿か!!〟

十四郎は、周囲の気配を読んだ。

〝おかしい、こちらに向かってくる気配がない〟

夜襲であれば、当然大将がその標的にされる。よって、敵は次第に大将のいる本陣に迫るが、そのような動きが感じられない……。

〝混乱を誘うつもりか〟

十四郎は、敵の目的を即座に読んだ。

「丈ノ介、ここは頼む。わしは敵を」

「承知致しました。政景様は鬼丸様と某が」

「うむ、頼んだぞ」

十四郎は、雲間から差すわずかな月明かりしかない闇の中を、風のように駆け抜けた。

すると、地には一つまた一つと兵や黒脛組の骸が転がっており、それが、敵に近づいていることを指し示した。

〝いる!〟

十四郎は、敵の気配を察知した。

「そこだ!!」

十四郎はそう言うなり、懐から出した棒手裏剣を、茂った木々の中へ打った。

ザッ！

音を立て、木々の中から黒い影が飛び出すと、それは十四郎の正面に降り立った。

すると、そのものに集まるようにして、別のところからも、次々に黒い影が飛び出した。

「お主、十四郎か……」

初めに飛び出した中央の影が、十四郎に向けて語り掛けてきた。すると、その問いに合わせるようにして、月に掛かった雲が晴れ、月明かりが地を照らし始めた。そして、その光は、対峙する十四郎と複数の影の姿を暗闇の中からはっきりと浮かび上がらせた。

「お前は……」

月明かりに照らされた正面に立つ男の姿に、十四郎は思わず声を漏らした。

「十四郎か……、久しぶりじゃの」

姿を現した別のものが、十四郎に問い掛けた。

「お前は、弥平ではないか……」

十四郎は、思わぬ友との再会に、言葉を失った。

「本に、久しぶりじゃ。甲賀の里以来か……」

他のものらも、次々に十四郎に声を掛けた。

「伊達に、そなたが仕えているかもしれぬという情報はあったが、本当にそうであったとは……」

再び、中央に立つ男が十四郎に言った。

「又五郎……」

それは、幼き頃、軒猿の里にて弥平と共に忍術修行をしていた又五郎であった。

「ふっ、又五郎か……。そうだな、お主からしてみれば、わしは幼き頃、共に野山を駆け巡った又五郎でしかないな……」

月明かりが照らす又五郎の顔に笑みが浮かんだ。しかし、その頬や額には、初めて見る古い刀傷があった。

「十四郎、又五郎は今、飛影様より軒猿の頭を受け継ぎ、それよりは道利と名を改めておる」

二人の会話に口を挟むようにして、弥平が十四郎に言った。

「道利……」

十四郎は、軒猿にそのような名の手練れがおり、軒猿を取りまとめていることを、鬼丸から聞いていた。

確かに、久方ぶりに見る又五郎の姿は、十四郎が知っている頃のものとは、全くと言っていい程、変貌していた。

十四郎の知る又五郎は、明るく話し好きな男であったが、今は、その全身に只ならぬ殺気のようなものを纏っており、その体も鍛え上げられ、筋肉が隆起しているのが、黒い忍び装束の上からも分かった。そして顔に残る深い傷が、これまでこの男が、過酷な闘いの中に身を投じてきたのであろうことを、容易に悟らせた。

「お前が軒猿の頭、道刹であったか……。では、飛影様はどうなされた」

十四郎が、静かに問うた。

「飛影様は、お達者じゃ。今は里長をされておる」

道刹が答えた。

「そうか……」

飛影は、父十左衛門と同じ年故、もうすぐ七十となる年である。十四郎はそれを聞いて、飛影を懐かしみつつ、わずかに父を想った。

「十四郎、見よ、こいつを。こ奴は、飛影様の息子の飛猿じゃ。飛影様に負けず、中々やりおるぞ」

また、二人の話に割って入るようにして、弥平が言った。

飛猿……。それは、十四郎が越後を逃れた当時、まだ生まれたばかりの飛影の息子であった。

「あの赤子が……」

思わず、十四郎がそう言うと、飛猿は凛々しい顔つきで、わずかに礼をした。

「で、十四郎……」

低い声で道利が言った。それに対して、十四郎は目だけを道利に向けた。

「お前は、伊達の忍びとして我らを追って来たのであろう。今や我らは敵同士。こうして対峙したからには、闘わねばならぬのが我ら影のものの宿命《さだめ》。この場は無かったことにして、お互い引くこともできるが、如何致す」

道利が、厳しい目で十四郎に問うた。

「わしは、無益な闘いも殺生も好まぬ。わしは、お主らと闘いたくはない。退いてくれれば、わしも手出しはせぬ」

十四郎も、厳しい目をして道利に返した。

今の十四郎には、ある流儀があった。それは、敵であろうとも、むやみに命を取らぬという誓いである。

かつての十四郎は、影のもの故、敵の命を取ることは致し方なしとして、我が身の宿命に抗うことなく生きていた。しかし、柳生石舟斎と出逢い、その剣である柳生新陰流が、唯の剣術ではなく、邪を取り除くことによって万人を生かすという、禅域に通じる心法、即ち『剣禅一如』の考えにより成り立っていることに触れたことで、闘いの意味を考えるようになった。そしてその後、高野山において仏の教えにも触れたことで、より一層、剣禅一如の真髄に近づいた。

ただ、この時までの十四郎は、己の命を含め、生きとし生けるものの命は尊い。よって、この尊い命は奪うべきではなく、無益な殺生は避けねばならぬという考えまでしか至っていなかった。

だが、陰禅坊・陽禅坊が襲ってきた際、真の境地に達していない考えによって紫蝶を失うこととなった。怒りのあまり十四郎は、紫蝶を手に掛けた邪悪なるものらを瞬殺したが、これにより〝命を奪うことで命を救う〟ことの真の意味を理解し、開眼するに至った……。

これより十四郎は、むやみに敵の命までは奪わぬが、己の邪心のみによって人命を奪うものと読み取った時は、その命を絶つことも致し方ないと考えた。

即ち、『闘禅一如』を己の闘技の極意とした。

その、邪心にのみ動く人とも思えぬ獣《けだもの》——。

この時の十四郎にとって、そう思わせるのは、己と己の愛する者たちの命を奪おうとする風魔党のものらと、それと手を結びし直江山城守を含めた直江の兵のみであった。

「我らの目的は十分に果たした。これ以上のことをするつもりはない」

「では、退くか」

「ああ」

十四郎と道刹は、互いに厳しい目で見合った。

「では十四郎、いずれまた会おう」

「うむ」

そう十四郎が返答すると、道刹は横にいる弥平を見て首を振り、〝引け〟の合図を出した。すると、弥平はそれに頷き返し、そして十四郎に視線を向けると、十四郎にも別れを伝えるように小さく頷いた。

そして、その軒猿の一団が、再び消え去る為に飛び去ろうとしたその矢先、その一番後方にいた一人が、「ぐわ！」という声を上げた。

〝何事?!〟

そこにいるもの全てに、戦慄が走った。

声を上げた軒猿の胸には、背中より突き立てられた刃が、月明かりに光っていた。

「ふふふ、霧風十四郎。ようやく会えたな」

胸を貫かれた軒猿の背後に立つ黒い影が、不敵な笑いと共に十四郎に語り掛けてきた。

〝まさか!!〟

十四郎は、声の主が誰であるか、即座に察した。

「風魔小太郎……」

十四郎がそう呟くと、声の男は刃を引き抜いた。そして、息絶えた軒猿を払うようにして地に押し倒すと、その姿を十四郎らの前に現した。

「お主、ここに何しに来た……」

十四郎が、小太郎を睨みながら言った。

「十四郎、もしやこ奴は旦那様の……」

道刹が、十四郎に問うた。

「ああ、山城守に裏で仕えし夜叉……、いや飼っている狂犬だ」

「こ奴が……」

道刹は、兼続が秘密裏に風魔と結んでいることを、随分前から飛影より聞いていた。

「又五郎、ここより手下を連れてすぐに逃げよ。お主らの敵う相手ではない」

十四郎が、鬼気迫る顔で道利に言った。

「……」

道利は、そう申す十四郎の言葉に、返答できなかった。それは、忍びの勘が、十四郎の申す通り、この男との力量の差を感じ取っていた為であった。

「おいおい、わしは山城守に飼われておる訳ではないぞ。お主を殺すという点で、利害が一致しておるだけじゃ。まあ生来、殺しが好きだという所は否定すまい。実際、留守政景を殺しに来たのが、此度伊達の陣に忍び入った目的であったからな。しかし、ここでこうも簡単にお主に出会えるとは……。神も味な真似をしてくれるものじゃ」

小太郎が、青白い顔に、一層不敵な笑みを浮かべて言った。

「又五郎、皆を連れて逃げよ！」

十四郎が叫んだ。それによって我に返った道利は、小太郎に目を離すことなく、手で皆にこの場から立ち去るように指図した。

すると、それに合わせるように、闇の中より獣のような二つの影が現れると、立ち去ろうとした軒猿を次々に襲い始め、瞬く間に五人が、凶刃の餌食となった。

〝他にもいたか！……〟

十四郎が、そう気づいた時、既に軒猿で生を保っていたのは、道利、弥平、飛猿の三人となっていた。

「弥平、飛猿を連れて逃げよ！」

そう叫んだ十四郎は、瞬時に弥平らに襲い掛かろうとしていた風魔衆の一人の前に立ちはだかり、手にした苦無で、一瞬にしてその喉を斬り抜いた。と、同時に、「ぐわぁぁ……」という道利の声が、修羅場となったその地に響いた。

その声に目を向けた時、十四郎の目には、小太郎の刃に貫かれた道利の姿があった。

「又五郎！」

十四郎は、その光景に愕然としつつ、考えることもなく、次の瞬間には小太郎に向かって飛び掛かっていた。

「十四郎！」

十四郎の苦無が、小太郎を襲おうとしたその時、弥平が声を上げた。それに反応し、即座に弥平らに目をやると、小太郎のもう一人の手下が、弥平と飛猿に襲い掛かろうとしていた。

〝しまった！〟

飛猿は、まだ若い。その若さ故に敵の力を読みきれず、小太刀を構えて闘う態勢を取っていた。

十四郎は、その光景を見るや、小太郎の手前で反転し、弥平らを救いに向かおうとした。

〝間に合わぬ!!〟

風魔の忍びの刃が、今正に飛猿を襲おうとした。

〝くそっ！〟

十四郎は、友らを救えぬことを、無念な思いと共に覚悟した。が、その時、新たな影が飛猿を襲おうとする風魔衆と飛猿らの間に忽然として現れるや、その風魔衆の動きが止まった。

〝!!〟

十四郎は、突然のことに、言葉を失った。

ドサッ。

今にも飛猿らを抹殺しようとした風魔の男は、その音と共に、そのまま力なく地に倒れた。

するとそこには、大柄な男の姿があった。

「じ、仁衛門様……」

十四郎は、飛猿らを守るようにして立つ、その大きな影を見て言った。

それは正しく、豊後の国の湯治場以来、会うことの無かった伊賀随一の使い手、服部仁衛門であった。その仁衛門の顔には、以前と同様、烏天狗の面が輝き、その手には、血の滴った鉄串が握られていた。

「漆黒の……巨人……」

目の前に大きく聳え立つその背中を見て、飛猿は思わずそう呟いた。そうしてその身体《からだ》には震えが走っていた。

「十四郎も言っておる。お主らの出る幕ではない。さっさと立ち去れ！」

仁衛門が振り返ることなく弥平らに言った。すると弥平は、十四郎を見て頷くと、動けないでいる飛猿の腕を掴み、「しっかりせえ飛猿！」と怒鳴った。すると飛猿は、その弥平の言葉に正気を取り戻し、大きな仁衛門の背中にコクリと一つ礼をすると、弥平に導かれるように、山林の中に姿を消して行った。

「何者かと思えば、その烏天狗の面。小田原で遊んでやった伊賀の間抜けではないか。ここに何しに来た。またわしに、やられにでも来たか」

仁衛門の姿を見て、小太郎がなじるように言った。

「あの日以来、わしはお主を倒さんと、ずっと探し続けておったのじゃ。我ら伊賀の探索網に掛からぬ故、居場所を捕らえるのに難儀したが、ようやくお主を捕らえることできた。もう逃がしはしまいぞ。ここで小田原の借りを返してくれよう」

そう言うと、仁衛門は両手に握った鉄串を小太郎に向けて構え直した。

「全く、邪魔な輩が現れたものじゃ。ようやくこ奴と一対一で刃を交え、この世から闘気術を抹殺しようと思っておったが致し方ない。さあ、遠慮はいらぬ。二人同時に掛かって来るがいい」

小太郎が余裕の笑みを浮かべ、十四郎と仁衛門に向かって、それぞれに掛かって来るよう手招きをした。

「十四郎、こいつはわしの獲物だ。手出しはするまいぞ！」

そう言うなり、仁衛門が小太郎に飛び掛かった。

「やれやれ……」

そう呟きながら小太郎は、面倒くさそうな表情をして、次々に繰り出される仁衛門の鉄串を、流れるような動きで躱した。

「おい、以前より年をとったせいか、動きが遅くなったのではないか～」

小太郎が、余裕の言葉を吐いた。

「そう言っていられるのも、今のうちだ！」

仁衛門は、異様な構えを見せ、そのままその場に静止した。

〝いきなり奥義でも放つか？……。では、……〟

微動だにせぬ仁衛門を見る小太郎の口元が、わずかに笑った。と、その時、いきなり仁衛門が、これまでの速さを凌ぐ勢いで、小太郎に襲い掛かった。

〝速い!!〟

小太郎が、そう感じた刹那、頭上から空気を切り裂き、迫って来る鋭い音がした。

それを捕らえるや、小太郎は身を捻った。

グザッ、グザッ!!

その音と共に、二本の鉄串が、天より飛来して、小太郎の足元に突き刺さった。

〝避けねば、両肩に突き刺さっていた……〟

驚愕の表情の小太郎に、すかさず仁衛門が両手の鉄串で無数の突きを放った。

〝くそっ〟

わずかにその攻撃を躱しきり、小太郎は、一つ後方に跳んだ。だが、その小太郎の耳が、更に四方から襲って来る鋭い音を捕らえた。

〝!!〟

小太郎は、咄嗟にその場に伏した。そして、鉄串とも手裏剣とも分からぬそれらを避けると、そのまま天に飛び、身を捻って更に襲い掛かって来た仁衛門の後方に降り立った。

「伊賀服部家奥義、『暗翔黙殺《あんしょうもくさつ》』……。この技を全て躱すとは、貴様は、よほど耳がよいな」

振り向きざま、仁衛門はそう言うと、すかさず小太郎へと飛び掛かり、再び鉄串による無数の突きを繰り出した。

〝おかしい……〟

小太郎は、自らを次々に襲う鋭い切っ先を躱しつつ、ある疑問を抱いた。そして、仁衛門の間合いから逃れるや、両の目を見開き、仁衛門に向けて開いた右の掌で円を描くと、

「オン・アニチ・マリシエイ・ソワカ」と摩利支天の呪文と唱え、そのまま空間を切り裂くような気合いの一声を放って、その手を仁衛門に向かって打ち出した。

「いかん！」

二人の闘いを、じっと見ていた十四郎が声を上げた。

「むっ!!」

そう発するや、仁衛門の体は、瞬時にして金縛りのように動かなくなった。

「じ、神通力か……」

仁衛門が、目を充血させながら言った。

〝あれは、朝鮮でわしが掛けられた術……〟

十四郎は、朝鮮で小太郎に襲われた時のことを思い出し、険しい表情となった。

「ふふふ……。十四郎、お前といい、こ奴といい、お前らは我術によう掛かる単純馬鹿な奴らじゃわい。全く闘い甲斐がないわ」

仁衛門の動きを封じているように見える掌を突き出したまま、小太郎が余裕の表情を浮かべて言った。

「もう止めろ！　わしが相手になる。その術を解け！」

十四郎が、小太郎に向けて言った。

「いや、それはならぬな。こ奴は生かしてくと、また性懲りもせず、再びわしを襲って来るに違いない。こ奴には、ここで死んでもらうことにする」

そう言うや、小太郎は背に備えた手甲刀に左手を伸ばそうとした。

「ううううう…………うわぁ～」

その時、仁衛門が、己を縛っている力を振り払うかのように唸り声を上げた。そして、鉄串を握った手を少しずつ動かすと、その手を交差して、己の厚い胸板に突き刺した。

「ぐわぁ～」

仁衛門は、痛みに声を上げるや、すぐにそれを引き抜いて、赤く染まった鋭い目で小太郎を見た。

「こ奴、わしの術を解きおった……」

小太郎の顔から、余裕の笑みが消えた。

「仁衛門様……」

十四郎は、仁衛門の凄絶なる姿に、息を飲んだ。

「風魔小太郎、覚悟ー!!」

仁衛門は、そう叫ぶや、再び小太郎に飛び掛かった。

「こしゃくな老いぼれめ！」

小太郎は、繰り出される突きを素早く躱すと、目では捉えられぬ程の動きで、瞬く間に鉄串を握った仁衛門の両の手首を掴み、それを捩じって脇で締め上げ、そのまま強烈な肘鉄を仁衛門の顔面に食らわせた。

「ぐわ！」

仁衛門の声と共に、顔の面が砕け散って外れ、地面にその破片が散乱した。そして仁衛門はよろめき、そのまま倒れ込んだ。

そんな仁衛門を気にすることなく、小太郎は砕けた面の一部を拾い上げると、表や裏に目をやりニヤリとした。

「やはりな、こういう細工をしておったか」

そういうなり小太郎は、手にした割れた面を軽く地に放り投げた。

「おかしいと思っておったのじゃ。飛び上がった時、頭上よりお主に目掛けて即効性のある毒を浴びせたが、全く効き目が無かった。毒に侵されれば、神通力も破ること はできなかったはず。なのにお主は動きが鈍るどころか、術まで解いた。その理由は、それよ……」

小太郎は、放り投げた面の破片を、見下したような表情して顎で指した。

「見破られたか……」

仁衛門は、地に伏したまま無念の表情を見せた。

小田原での闘い以来、仁衛門は、小太郎との再戦に臨むにあたり、その恐るべき妖術を警戒した。特に、その妖術が、毒を用いてのものであることを熟知していた仁衛門は、面の鼻の部分に毒の吸引を抑える細工を施し、自らも口からの呼吸を抑えた闘法をとるという対処をしていた。しかし、奥義まで繰り出し、先の闘い以上の技をもって臨んだが、全て小太郎には通用せず、その身体に傷一つ付けることが叶わなかった。

「うっ……」

倒れたままの仁衛門が、胸元を摑み、急に苦しみだした。

「やっと効いてきたか。お主に浴びせたやつは、一瞬で体全体を痺れさせ、幻惑を見せるものじゃ。どうだ、体の自由が利くまい」

「くっ、む、無念……」

仁衛門が、苦しみの表情で地べたに這いつくばった。

「十四郎どうじゃ、お主もそろそろ痺れてきたであろう。この毒は、拡散性が強いのじゃ。その位置では、逃れられまいぞ」

小太郎が、再びにやついた顔で言った。

「無駄だ」

十四郎が、静かな目をして答えた。

〝！〟

「やはりお主……」

小太郎の表情が、即座に変わった。

「動けぬとでも思うておるか……」と言うなり、十四郎の姿がその場より消えたと小太郎が感じた時には、十四郎は小太郎の真正面に現れ、蟀谷《こめかみ》を左手で鷲掴みにし、そのまま強烈な右の手刀を小太郎の首に打ち付けた。

すると、小太郎の体は回転しながら大きく飛ばされ、そのまま。ドサッ!!という音と共に、地面に倒れ込んだ。

〝な、何が起きた……〟

小太郎は、驚愕の表情で、十四郎を見上げた。

「どうだ、我が闘術の一角である、摑撃術の『鷲雷爪《しゅうらいそう》』と『雷撃刀』の味は……」

そう語る十四郎の言葉を聞きながら、小太郎の体は、蟀谷の激しい痛みと、首から左腕に掛けて、激しい痺れに襲われていた。

〝あ、あり得ぬ……。わしが動きを捕らえることができぬなど……〟

小太郎は、頭の痛みに耐えつつ、青黒く腫れあがった首の痣を右手で押さえながら、ゆっくりと立ち上がった。しかし、体はよろめき、その所々に、冷たい汗が流れるのを小太郎は感じていた。

小太郎が、そのような状態でいると、十四郎はスッと身を屈め、そのまま飛び上がると、腕を大きく広げ、足を回転させて、空《そら》から地に駆けて回転した。すると、その十四郎を中心に、その場に風とも思える気流が起きた。

「師父直伝！『鷲翼演舞《しゅうよくえんぶ》』」

十四郎が、先程と変わらぬ表情で言った。

〝こ奴、気流を起こし、この場に拡散した毒を吹き払いやがった……〟

明らかに、その顔に驚きが見える小太郎であったが、すぐにその口元に怪しき笑みが浮かんだ。

「やはりそうか……。お主、わしと同じで、毒の効かぬ体質に己を変えおったな。陰禅坊・陽禅坊が倒されたと聞いた時から、そのような気がしておった」

「な、何ぃ！　ど、毒が効かぬ体質……」

小太郎の言を聞いて、苦しみながらも、信じられぬといったような表情で仁衛門が震える声で言った。

「我が身は、以前お主と闘った時のものとは違う。わしの体は、あらゆる毒に侵されぬ耐性がある」

十四郎は、静かな目で小太郎を見つめながら言った。そして、帯に付けた小袋を引きちぎると、それを仁衛門に投げ、「仁衛門様、その中に解毒薬があります。大概の毒は、それで緩和できます故、早く飲まれよ」と告げた。

するとと仁衛門は、震える手でそれを掴み、袋から粒状の丸薬を手に取って口に含んだ。

朝鮮での闘いの折、小太郎は自らを追って来る十四郎に向け、前方を走りながら、気づかれぬよう無臭の妙薬を浴びせていた。それは、それ単独では無害であったが、誘い込んだ場所にはあらかじめ拡散させておいた別の妙薬があり、それと合わさると、反応し合って体の自由を奪う作用をもつものに変わるようになっていた。それによって、十四郎の神経を麻痺させて神通力が掛かりやすいようにし、その身体そのものの自由を奪った。それによって十四郎は、襲い掛かって来る小太郎に抵抗一つできず、死の淵まで追いやられた。

十四郎は、済念寺での修行中、そのからくりを宗心により告げられ、小太郎の毒と神通力を用いた妖術に打ち勝つべく、宗心の指導の下、あらゆる毒をその身体に取り込み、死と隣り合わせの苦行に耐えて、文字通り妖術の効かぬ不死身の体を作り上げたのであった。

「もうよせ……。今のが闘気術なら、貴様は確実に死んでいた。せっかく拾った命だ。大事にするがいい」

その目に、静かなだけでなく、強さを滲ませながら十四郎が言った。

「くっくっくっく……。これでわしに勝ったつもりか。お主はまだ、わしの術の一部を見抜いたに過ぎぬ……。妙薬を使わずとも、我が神通力はお主が破れるものではないわ。味わうがいい、未だかつて破られたことのない不敗の術を!!」

そう言うなり、小太郎は目を見開き、再び右手を突き出して、「オン・アニチ・マリシエイ、ソワカ。オン、アニチ、マリシエイ、ソワカ……」と、再び呪文を唱え始めた。

その小太郎に対し、十四郎はすうっと目を瞑ると、左手で刀印を作って腰に据え、右手も刀印を結んで、空中に素早く「臨《りん》、兵《びょう》、闘《とう》、者《しゃ》……」と早九字を引いた。

「マイシエイ、ソワカー!!」

呪文を気合いと共に言い終えた小太郎が、余裕の笑みで「どうだ、動けま……」と、言っている最中、小太郎の眼の前には、激しく迫る十四郎の鉄拳が映った。

バキィ!!

激しい音と共に、十四郎の拳が小太郎の顔面に食い込み、その身は再び殴り飛ばされた。

「ガッ……、ガッ……」

小太郎は、声にならぬ声を出し、地面に這いつくばった。その鼻は折れ、歯も四、五本が外れて、その顔面は帯びただしい流血で染まった。

「わしに、神通力など効かぬ。最後通告だ。山城とは手を切り、二度とわしの前に現れるな」

十四郎が、貫禄ある姿で言った。その姿を、小太郎だけでなく、仁衛門も息を飲んで見た。

「ば、馬鹿な……。神通力までも封じられるとは……」

小太郎が、右手を血だらけの顔に当て、左手は地に突き、その身を支えるようにして、よろめきながら立ち上がった。

「くそう……」

小太郎は、恨むような目つきでそう一つ漏らすと、背に両手を回して手甲刀を装着し、八双に構えた。

「まだやるつもりか……」

十四郎が、変わらぬ静かな口調で言った。

「妖術が効かぬとあれば、あとは闘術で雌雄を決するだけのこと。力と力の勝負だ……。我が風魔の闘術は、他の忍び衆の闘術をはるかに凌駕しておる。覚悟致せ……。貴様の闘気術を破り、今この地にて、先代の恨みを晴らしてくれよう……」

そう言い終えると、小太郎は正面より十四郎に向けて突進した。そして、凄まじい勢いで、手甲刀を十四郎に浴びせ掛けた。

その剣筋は、目で捉えるには余りに速く、それはまるで、目の前にいきなり飛んで来る光弾のようであって、その刃は、十四郎の頬や胸元、そして両袖を次々に斬り抜いていった。

「どうだ、避けられまい！　霧風十四郎、闘気術と共に、消え去るがよい!!」

そう言うなり、小太郎は大きく飛び、上空で手甲刀を付けた腕を交差した。

「風魔剣闘術『暗中梟首斬《あんちゅうきょうしゅざん》』!!」

上空より迫って来た小太郎の二本の凶刃が、確実に十四郎の首を捉え、そのまま挟み斬られようとしたその刹那、十四郎の姿が一瞬四方に分かれたように見えた。

「何ぃ?!」

驚く小太郎の刃は、そのまま空《くう》を斬った。

すると、四方に分かれた十四郎の姿は瞬時にして一つに戻ると、そのまま宙にある小太郎の懐に入った。そして十四郎は、魂魄の叫びをあげた。

「うりぁぁぁぁぁぁぁぁ!!」

バキバキバキィー!!

下方より小太郎の体に向け突き上げられた十四郎の掌《しょう》により、周囲には鈍く激しい音が響いた。

それは、十四郎の闘気術が、小太郎の体を砕いた破壊音であった。

「ぐわあ……」

小太郎は、口から血へどを吐きながら、そのまま上空に跳ね飛ばされ、そのまま激しく地面に叩き付けられた。

〝あの動きは、孤鷲殿が秘伝としていた『陽炎』……。そしてあれこそ、十左衛門殿が必殺の一撃と言っておった『闘気掌』……〟

二人の闘いを見ていた仁衛門は、身体中にゾクッとするものを感じた。

「お前の肋を粉砕した。もう助からぬ……」

十四郎は、小太郎に向けてそう言うと、背を向けて、仰向けに倒れたままの道刹の方へと歩み寄った。

「又五郎……」

十四郎は、道刹に声を掛けた。すると、道刹は目だけを十四郎に向けた。

「十四郎、お前、凄い忍びになったな……。見ているだけで、恐ろしさを感じる程じゃ……」

「…………」

道利は、小太郎に貫かれた腹部を手で押さえていた。そして、そこより流れ出る血に染まった手を腹部から離すと、じっとその手を見つめた。

するとその血がどす黒いことが、月明かりでもはっきりと分かった。

「十四郎、わしはもうだめじゃ……」

「……又五郎、しっかりせえ」

十四郎は、助からぬ友を哀しき目で見つめ、その体を抱き上げた。

「じゅ、十四郎、これを……」

道利は、そう言うと、懐より何かを取り出した。

「これは……」

十四郎は、道利の手に握られているものを見て、驚きの表情となった。

「お前、こいつをずっと持っておったのか……」

「ああ、無二の友との友情の証じゃからな……」

それは、十四郎が越後で兼続に襲われる直前、道利に届けた十四郎手製の十字手裏剣であった。

「わしは、こいつで何度も命を救われた。打ち捨てるには惜しくてな。使っても、こいつだけは護身用に手元に戻しておったのだ……」

「お前……」

道刹の言葉に、十四郎の目が潤んだ。

「霧風十四郎〜！　貴様、ぶっ殺してくれるー」

その声に、十四郎はハッとした。

それは、瀕死の状態であるはずの小太郎であった。

小太郎は、血へどを吐きながらも立ち上がり、十四郎を充血した目で睨んでいた。

「死なば、もろともだ〜。わはははははは〜！」

そう叫ぶ小太郎の手には、あらかじめ隠していた焙烙火矢《ほうろくひや》（縦一一五ミリメートル横一三五ミリメートルの球体をした現代でいう手榴弾）が握られ、既に導火線に点火されていた。

「いかん！」

仁衛門が叫んだ。

「十四郎！」

そう言って道刹が十四郎を見た。

「うむ！」

そう返答するや、十四郎は道刹の手にある十字手裏剣を摑み取り、そのまま振り向きざまにその手裏剣を小太郎に打った。

ドスッ！

十四郎の手により放たれたそれは、その音と共に、小太郎の額の真ん中に突き刺さった。

「この外道め！」

そう言って、目を剝いて立ちつくしたままの小太郎の前に、左手で胸を押さえながら仁衛門が迫った。そして、死んだ忍びどもが使っていた剣を右手で拾うと、そのまま焙烙火矢を摑んだままの小太郎の腕を斬り落とし、地に落ちた焙烙火矢の導火線の火を足で踏み消した。

「フッ……」

額より血を流しながら、小太郎の口元が不敵に笑った。

「地獄に堕ちろ！」

仁衛門は、そう言うなり、手にした剣で小太郎の胸を貫いた。

小太郎は、そのまま固まったように後ろに倒れ、目を見開いたまま絶命した。

「何という奴だ……」

仁衛門は、屍となった小太郎を見ながら言った。そして、そのまま崩れるように片膝を突いて、蟀谷や喉から汗を滴らせながら大きく息をした。

「終わったな……」

十四郎の腕の中で、道刹が言った。そして、優しげな笑みを見せた後、そのままその目を閉じた。

「又五郎……」

十四郎は、地に道刹を寝かせると、その両手を胸の上に乗せて組ませた。

「十四郎……」

その様子を見ながら、仁衛門が十四郎に声を掛けた。それに応えるように、十四郎も仁衛門に目を向けたが、それ以上、二人の間に言葉は無かった。

終章　愛

一

直江山城守の策略で襲撃された伊達の陣は、翌朝になっても騒然とした空気に包まれ、詳しい被害の状況が、時が経つごとに、総大将である政景の下に各部署からもたらされていた。

十四郎は、此度襲ってきた賊は、全て己で始末したと鬼丸を通して政景に報告し、弥平と飛猿が逃れたことと、仁衛門の存在を伏した。

そして、詳しく身元を検めると称して、道利ら七人の軒猿と小太郎ら三人の風魔衆の亡骸を預かると、鬼丸に内々で事の真相を告げ、その後、その全てを埋葬し、自ら念仏を唱えて供養した。

仁衛門も、十四郎の手引きより伊達の陣より少し離れた人気のない社に身を隠すと、十四郎の煎じた解毒剤と手助けによって、体内に残る毒を消し去り、その後、その身に受けた傷が癒えると、十四郎に別れを告げて家康の下へと戻って行った。それが、三十日の早朝であった。

翌十月一日、伊達の陣にいた十四郎の下に、その仁衛門が伝達に使う黒羽によって、急報が届けられた。

それは、仁衛門が己の所在を黒羽で半蔵正就に伝えたことで、返信された知らせであり、それを急ぎ、上方への帰路、仁衛門が十四郎に伝えたものであった。

『去る十五日、美濃国関ヶ原にて、石田方西軍と合戦にあいなり候。半日にして勝敗は決し、家康様西軍を破り、大勝利を収め候。この旨、急ぎ伊達様、最上様にお伝え致したく候』

この知らせを受け取った十四郎の手は震えた。

〝な、何たること！　天下分け目の決戦が、わずか半日で決するとは……〟

この時、この奥州で戦火を交えているものはおろか、日の本中の武士は、誰一人として徳川率いる東軍七万五千と石田治部を要とした西軍八万四千がぶつかり合うこの一大決戦が、このように早く決してしまうなど、予想していなかった。

それどころか、豊前中津にいた黒田如水のように、戦乱が長期化すると読んで、この期に乗じて九州を平定し、その後、情勢を見て中央に攻め上ることまで構想して、旧領の豊後に攻め入るといった軍事行動を起こす武将もいた。

このように、抜け目なく世情を読むといえば、政宗もまた然りであり、家康から『百万石のお墨付き』を与えられ、上杉に対する抑えを言い渡されていたにも関わらず、徳川方が負ける時のことも想定して、上杉との和睦を破棄した直後、最上に援軍を出したその裏で、かつて小田原の陣の後に行われた奥州仕置きにより、領地を南部氏に奪われ改易させられていた和賀氏を動かして、伊達同様徳川に与するその南部氏を二十日に攻めさせ、その地を難なく我がものにせんと画策していた。所謂、和賀一揆を煽動していたのである。

〝急ぎ、殿と政景様に伝えねば〟

十四郎は、仁衛門からの知らせを読むや、そのまま政景のいる本陣に走った。すると、そこは、何やら騒がしき状態となっていた。

上杉が、退却し始めた――。

物見によるその知らせが、政景をはじめ、小十郎ら重臣に、ある種の不信感と衝撃を与えたのである。

〝何故じゃ……?!〟

小十郎は一人、詳しいことを調べさせる為、鬼丸を呼び寄せ、軒猿に探るよう下知しようとしていた。

「小十郎様、お待ちを!」

そこに、十四郎が風の如く参上した。

「どうした十四郎!」

小十郎が、いきなり姿を現した十四郎に対し、驚きを隠さぬ表情で言った。

「去る十五日、美濃関ヶ原にて、徳川内府が石田方西軍に、大勝利を収めた由にございまする!!」

「何!　そは誠か?!」

「はっ!　確かな筋からの知らせ故、間違いございませぬ!!」

十四郎からの知らせに、小十郎は驚きを見せたが、その顔は、すぐに笑みへと変わった。

「そうか、内府が勝ったか。この知らせ、上杉にも入ったに違いない。じゃから城を囲みし兵を退かせ、退却を始めたのじゃ!」

この小十郎の読みは正しかった。

〝治部敗れる〟の知らせは、三十日の内に会津にいる景勝より兼続に伝えられた。景勝は、内府が勝利した後は、その勢いに乗り、内府率いる東軍の諸将が再び上杉を討たんと会津に雪崩込んで来るのを想定し、兼続に撤退命令を出して、急ぎ会津へ帰還するよう指示した。

兼続はその知らせを受け、一時愕然としたが、このままでは会津が危ないことと、東軍勝利の報を聞いた最上と伊達が勢いに乗り、嵩に掛かって襲って来るに違いないと断じ、間を置かず、長谷堂城攻めを取り止め、居城のある米沢への撤退命令を全軍に出し、この日より退却を始めた。


「小十郎様、如何致しますか」

小十郎の前で控えていた鬼丸が小十郎に尋ねた。

「うむ、最上は未だこの知らせを受けておらず、上杉の退却に困惑されておるはずじゃ。鬼丸、すぐに最上の陣に走り、義光公に事の次第をお伝えするのじゃ。わしも政景様の下に戻り、最上と合流して上杉を追撃致すよう進言致す。こは、直江山城を討ち果たす千歳一隅の好機。決して討ち漏らすまいぞ！」

「はっ！」

小十郎にそう一言返して、鬼丸が、その場から立ち去ろうとしたその矢先、二人の側でそのやり取りを聞いていた十四郎が、「小十郎様、鬼丸殿！」と発した。

「どうした十四郎」

立ち去ろうとしてした鬼丸が、動きを止めて十四郎に問うた。

「ここで、おさらばにござる……」

十四郎が、神妙な面持ちで言った。

「さらばじゃと……？」

小十郎が、少し困惑気味な表情で言った。

「某はこれより、古き因縁を断ち切りに参りまする……」

「十四郎、お前まさか……」

鬼丸が、驚きとも困惑とも取れぬ表情で十四郎を見て言った。

「知っての通り某は、若き折に直江山城によって越後を追われた身にござる。それからの二十二年間、ずっとこの命は、その直江山城に狙われて参りました。この某と山城との因縁に巻き込まれ、命を落としたものもおりまする……」

そう口にする十四郎の脳裏には、お千代や紫蝶、そして父十左衛門の姿が浮かんだ。

「某、この血塗られた因縁を、この戦にて断ち切りまする！」

強く発せられたその十四郎の言葉に、小十郎と鬼丸は、わずかながら恐ろしさの混じる何かを感じた。

「お前、一人で行くというのか……」

鬼丸が、十四郎を案じるような目で言った。それに対し十四郎は、少し俯きぎみにして、黙ったままでいた。

「戻れよ……」

小十郎が、ポツリと言った。

「はい」

十四郎が、静かな目で答えた。

「別れは言わぬぞ」

鬼丸の哀しみの滲むその言葉に、十四郎は鬼丸の目を見て、しっかりと一つ頷いた。そうして、二人に背を向けると、そのまま再び風の如くその場より立ち去って行った。


その頃、二万四千の大軍を、敵前より無事に退却させせなければならなくなった兼続は、苦境にあった。

合戦において、退却戦は最も難しいとされ、特にこの地は、敵領内の真っ只中であったから、それは尚の事、難儀なものであった。

退却にあたり兼続は、最も危険を伴う殿《しんがり》を、大将でありながら自らが引き受け、捨て駒となることを覚悟した。

その兼続の潔い姿に、直属の与板衆三百騎と、前田慶次郎や水原親憲といった剛勇名高き強者どもが付き従った。

兼続は、非情な面を持ち合わせていることが、その行動から窺い知ることができる。それは、主君景勝を上杉の当主にする為、十左衛門を葬ろうとした陰謀からも見て取れる。

だが、このような場において、己の命をも投げ捨てようとするその姿には、痛々しさを感じずにはいられない。

それは、どのようなことをしても、上杉とその当主である景勝を守り抜くという、あまりにも純粋かつ強過ぎる思いが、この男の精神形成の支柱になっているということであり、それによって、その行動の全ては決定され、普段は清潔感漂う忠臣であるが、主家・主君の為と一旦心を決めれば、血に染まる修羅になることも厭わない哀しく不器用な程の忠義心……。これが直江兼続であり、これこそ直江兼続たる所以なのである……。

この兼続の退却戦は、戦国時代の東北で、類を見ない程の壮絶かつ苛烈なものとなった。殿を務める兼続軍は三千、それを追う最上軍は二万という、圧倒的な兵力差のある中での攻防であった。世に言う長谷堂城の戦いである。

兼続軍は、この圧倒的に不利な状況の中、退却しながら敵が迫ると見ると、身を潜めて待ちかまえ、鉄砲隊が一斉に撃ち掛けるや、すかさず抜刀隊が斬り込んで相手を攪乱するという攻守を変幻自在に使い分けて、それを繰り返すという不識庵謙信直伝の『懸かり引き』の戦法を用いて、死中に活を見出そうと奮戦した。

山形城より自ら出陣し、この兼続の抵抗に業を煮やした最上義光は、一団を率いて勇猛にも兼続軍に突っ込んで行ったが、前田慶次郎と水原親憲らに阻まれ、兼続を討ち取るどころか、逆に貫通こそしなかったが、兜に兼続軍の放った銃弾を受けて、最上家伝来の金覆輪筋兜の篠垂れが欠け、危うく命を落としかけた。

その危ないところを、義光の嫡男である義景が救援に駆け付け、一命を拾うといったように、双方の兵の数に大きな違いがあるにも拘わらず、この戦闘は大激戦となった。

だが、最上軍に伊達軍が加わると、さすがに兼続軍は総崩れの様相を見せ始めた。

「ここまでじゃ……。これだけ阻めば、もう最上も伊達も本体を追撃することはできぬ。我らの役目は終わった。あとは、この首を敵に渡してはならぬ……」

兼続は、己が討ち取られれば、自軍の士気が下がるだけでなく、敵を更に勢い付けるに違いないと判断するや、自刃することを決し、己の首を景勝に届けるよう、配下のものらに命じた。

〝御屋形様、この不甲斐なき兼続をお許しあれ。先に謙信公の下に参りまする……〟

兼続は、その脳裏に主君景勝を想いつつ、介錯を命じた部下と二人、人気のない木々の中に身を入れると、具足を外し上着の前をはだけて、自らの腹に短刀を突き入れようとした。そこに、「待たれよ!!」と、怒鳴りながら行く手を阻む樹木を皆朱の槍で斬り倒しながら迫って来た男がいた。前田慶次郎である。

「兼続殿、何をなされようとしておる! 大将が家来より先に勝負を諦めて何とする!! この前田慶次郎、まだ勝負は諦めておりませぬぞ。今より最上勢に斬り込み、見事義光が首、取ってご覧に入れよう。楽しみに待っておれ!! それまで決して死に急ぐでないぞ、よろしいな!!」

慶次郎は、鬼の形相で兼続を睨め付けるや、そのままその場より立ち去り四尺七寸(約一四一センチメートル)の河原毛の馬に跨ると、水野藤兵衛ら猛者ども二十騎を引き連れ、最上勢に斬り込んで行った。

この時の、死をも顧みぬ慶次郎らの突撃は、何かに取りつかれたような尋常ではない恐ろしさがあった。迫る敵を次々に薙ぎ倒し、近づくものは全てその剛槍の餌食となっていった。

最上勢は、この鬼神の如き慶次郎の戦いぶりに恐れをなし、義光の命をも聞かず、次々に戦列を離れていった。

「前田殿……」

その戦いぶりを目の当たりにするや、兼続は一言そう漏らし、武人としての覇気を取り戻すと、再び具足を身に着けて陣を立て直し、太刀を振るって上杉領をめざした。

そうして十月三日の夕刻、兼続ら生き残った一団は、国境までもうわずかというところまで辿り着いた。

「直江殿、あとわずかじゃ」

慶次郎が、急ぎ退却する中、馬上より兼続に声を掛けた。それに対し兼続も、馬を走らせながら「うむ」と力強く答えた。

二人共、その身に数カ所の刀傷を受け、肩や足にも、それぞれ二、三の矢を突き立てたままの敗走であった。

そうして、残る力を振り絞り、ただ国境をめざして疾駆していたその一団の前方、わずか二〇間（約三六メートル）程のところに、行く手を阻むようにして、突如一つの人影が現れた。

〝何者?!〟

先頭を疾駆する兼続は、その存在に気づくや、咄嗟に手綱を引いて馬を止めた。そして、それに従う兵らも、何事か分からなかったが、その兼続の動きに合わせるようにして、走りを止めた。

「兼続殿、どうした?!」

慶次郎が、すかさず声を掛けた。

すると兼続は「あれじゃ」と言って、行く手を阻む人影を指さし、そのまま馬より下りた。その兼続の返答に、何かを感じ取ったのか、慶次郎も黙って馬より下りた。

兼続らの前に立ちはだかるそのものの姿は、明らかに只ならぬものの姿であった。黒い忍び甲冑で全身を覆い、背には、二丁の火縄銃を背負っていた。

「来よったか……」

兼続が、何かを察したかのように言った。

「守りを固めよ！」

慶次郎が、ためらうことなく声を張り上げた。すると、それに呼応するように三十から四十程の兵が、兼続と慶次郎の盾になるかのように素早く防御の態勢を組んだ。

その兼続隊の動きに動じる様子もなく、その現れしものは、背より銃を下ろすと、そのまま真っすぐに歩き出しながら構え、そのまま発砲した。

するとその一帯に轟音が響くや、一人の兵が、その銃弾を浴びて、後方へと飛ばされるようにして倒れた。

いきなりの出来事に、隊は騒然となった。が、慶次郎はすぐさま、「鉄砲隊!!」と叫び、発砲してきたそのものに向かって撃ち掛けるよう下知した。

それに促されるようにして、鉄砲隊が銃を構えて狙いを定めようとした矢先、歩み寄るそのものは、撃ち放った銃を投げ捨て、もう一丁に手を伸ばすと、そのまま構えて容赦なく発砲した。

その放たれた弾丸は、最前列の兵に命中し、その兵も先程同様、後方へと飛ばされた。

立て続けのこの銃撃に、隊は動きが止まり、そして間を置かず騒然となった。

すると、銃を放ったそのものは、再び撃ち終わった銃を投げ捨て、背後に挿していた小太刀に手を回すと、逆手に抜き取って、そのまま兼続の隊に向かって飛び込んで来た。

〝速い!!〟

慶次郎は、その速さに目を見開いた、そして皆朱の槍を握り締め、応戦する態勢をとった。

「ぐわっ!」

兼続を守る兵のそこかしこから、苦痛の叫びが上がった。

突入して来たそのものは、身を屈めて、瞬く間に五人の大腿部の動脈を切り裂き、そのまま跳躍して他の兵の首を斬り裂いた。

それは、風が吹き抜けたと感じた時には、己の首筋が斬り抜かれている程の速さであり、それを防ぐことなど、まず無理なことであった。

そんな中、慶次郎だけは皆朱の槍を振り回し、そのものの接近を阻んだが、周囲の兵は、剣を振るいつつも全て躱され、逆に急所という急所を、あるものは小太刀で斬り抜かれ、そしてまたあるものは素手で打ち抜かれて、身動きがとれなくなった。

その、刃と一体となった凄まじき旋風の気流が止まったその地には、二十を超す骸が、地べたに折り重なるように転がっていた……。

「わしを葬りに来たのか……」

一瞬にして、兵を惨殺したそのものを目の前にして、兼続が言った。

その言葉に対し、そのものが「そうだ」と低い声で返して、頭巾を取った。

「やはりお主であったか、霧風十四郎……」

素顔を晒した十四郎を、真っすぐな目で見て兼続が言った。

「……お前は、わしの大事なものを奪った。生かしておけば、これからもわしから大切なものを奪い続けるであろう。わしは、お前とお前に付き従うものだけは、生かしておくことはできぬ。念仏ぐらいは唱えてやる。あの世で、これまでお前がやってきた冷徹なる所業の全てを悔い改めるがよい。覚悟致せ……」

そう言うなり、十四郎は手にした小太刀を放り捨て、呼吸を整えると、その右手に気を練り始めた。

「いつか、このような日が来るのではないかと思おておった……」

全てを受け入れるかのような穏やかな表情でそう言うと、兼続はその場に跪いた。

「直江殿！」

慶次郎が、槍を握り締め、兼続を助けようとした。

「手を出されるな！　これは、わしとこのものの因縁でござる!!」

兼続が、慶次郎を制止させるように叫んだ。

「直江殿……」

そう呟きながら、慶次郎は動きを止め、槍を持つ手をゆっくりと下ろした。

「最期だ……」

そう言いながら、十四郎はゆっくりと兼続に向かって歩み出した。

すると、「お止しくださりませ」という声と共に、何者かがその二人の間に割って入って来た。

〝！〟

「お前は……」

そう言うと、十四郎は歩みを止めた。

それは、小太郎との死闘の場より弥平と共に逃がした飛猿であった。

「先達ては助けていただき、誠に忝うございりました。おかげで命を落とさずに済みました。その、命の恩人とも言えるあなた様が、此度のこの所業……。我らを抹殺するおつもりですか……」

飛猿が、苦悩の表情で十四郎に問い掛けた。それを、十四郎は平然と聞いて、何も答えなかった。

「あなたと旦那様の間に、浅からぬ因縁があることは弥平様より聞いておりまする。その因縁により、旦那様の命を奪いに参ったのですか……。わしは、その因縁がどのようなものかは存じませぬが、わしは上杉に仕える軒猿。このまま旦那様を死なせるわけには参りませぬ。旦那様は、上杉にとってなくてはならないお方。退いてくださらぬというのであれば、わしがお相手致しまする」

そう申すなり、飛猿は懐より苦無を取り出した。

「よせ飛猿！　お前の敵う相手ではない!!」

飛び出す飛猿を止めることができず、その後を追って来た弥平が現れて叫んだ。

「弥平……」

十四郎が、焦り顔の弥平を見て呟いた。

「十四郎、止してくれ！　旦那様に対するお主の恨みは分かる。だが、今や旦那様は、上杉の政務の一切を、御屋形様より託されておる要ともいうべきお方。それだけではない、民百姓の暮らしも、旦那様が頼りなのじゃ。旦那様が亡くなられれば、上杉領内は、武士から女子供まで忽ち立ち行かなくなる。謙信公と十左衛門様が守ってこられた上杉家が滅ぶのだぞ。それでよいのか！　後生じゃ、ここは引いてくれ、頼む！」

そう言うなり弥平は、飛猿の前に歩み出て、帯に挿した小太刀や懐に隠した苦無、そして数枚の十字手裏剣を地に置き、その場に両手と頭を突けて、十四郎に懇願した。

すると、その弥平の姿を見た飛猿は、一度手にした苦無に目をやると、それを地に放り投げ、無防備のまま両手を広げて、身を捨てて背後の兼続を守る姿勢をとった。

「お前たち……」

十四郎は、鋭い目で兼続を守ろうとする二人の姿をじっと見た。そして目を瞑り、すぐにその目をクワッと見開くと、黙ったまま弥平らに向かって再び歩み出した。そして、地に平伏す弥平の横を通り過ぎ、鼻が擦れ合う程の近さで、飛猿の真ん前に立った。

「わしは、軒猿は殺さぬ。父を大事にせよ。早死にして、飛影様を悲しませるでないぞ……」

哀しみを宿したような目をして、十四郎が飛猿に言った。それを飛猿は、気圧されるように固唾を飲んで聞いた。

緊張した面持ちの飛猿を見て、十四郎がフッと微かに笑みを見せた。

〝?!〟

そのわずかな笑みに、飛猿は戸惑いを見せた。が、その直後、十四郎の左の拳が飛猿の鳩尾に深く入るドスッという音と共に、飛猿の体は力なく崩れ落ちた。

「ごふっ……。ごふっ……」

飛猿は、今まで受けたことのないような激しい衝撃に、地べたでむせ苦しんだ。その姿を横目に、十四郎は跪く兼続の前に立った。

「覚悟はできておる。さあ殺《や》れ……」

兼続は、そう言うと、静かに目を閉じた。

十四郎は、その兼続の言葉に合わせるように、黙って闘気術の構えをとった。

「止めろ十四郎!!」

弥平が十四郎に向かって叫んだ。

「はあ――!!」

弥平の叫びを遮るように、十四郎が渾身の気合いを込めて、その闘気に満ちた右の掌《しょう》を、兼続に向けて放った。

バキバキキィィィィーー‼

その激しい破壊音と共に、その場に衝撃と緊張が走った。そしてそれは、間もなく静寂へと変わった。

「直江殿……」

その壮絶なる光景を目にし、誰も息すらできないような中で、慶次郎が初めに声を漏らした。

「お前に、この前立ては似つかわしくない……。もう二度と、わしをつけ狙うな。これ以上わしと関わるとあらば、その時は容赦はせぬ……」

十四郎が、その伸ばした右の掌の先に向かって静かに言った。

そこには、十四郎の闘気術を受ける直前と変わらぬ姿で、兼続が座していた。ただ、その周囲には、砕け散った『愛』の前立てと兜の破片が散乱していた。

「お、お主……」

全身を覆った恐怖心と微かに残る頭部の衝撃を感じつつ、兼続が震える声で言った。

「密議については、誰にも漏らしてはおらぬし、これからもわしの胸だけに秘しておくつもりだ。だからお主は、父上の守りし上杉を、その命に代えてこれからもしっかりと守れ。いいな……」

そう言うと、十四郎は右手を下ろし、兼続に背を向けた。

「十四郎、お前……」

弥平が、自らの横を黙って通り過ぎ、その場より立ち去ろうとする十四郎に向かって言った。

バン、バン、バーーン。

その時、立て続けに三発の弾丸が、轟音と共に十四郎の背中に浴びせられた。

「ごふっ……」

十四郎が、口より血を吐き出した。

「甲賀者よ、みすみす逃がすわけにはいかぬ！　小太郎様の仇、ここで晴らさせてもらうぞ！」

銃を放った三人の一人が、そう言い放って、倒れかけている十四郎に向かって斬り掛かって行った。残り二人も銃を放り捨て、剣を手にしてその後に続いた。

「しまった、風魔者が鉄砲隊の中に紛れ込んでおったか！」

弥平がそう言うなり、十四郎を襲おうとしている風魔者に向かって、手裏剣を拾い上げて打とうとした。

ビシユゥゥゥーー。

弥平の手から、手裏剣が放たれようとしたその矢先、空気を切り裂く音が走った。

「ぐわっ」

真っ先に十四郎に斬り掛からんとしていた風魔者が、苦痛の声を上げた。その体は、慶次郎の放った皆朱の槍により貫かれていた。

突然のことに、残り二人の風魔者の足が止まった。するとすかさず、そこまで駆け寄って来た慶次郎が、仕留めた風魔者から槍を抜き取り、そのまま重なった二人の風魔者の腹を目掛けてその槍を突き出して串刺しにした。

「おのれ、我らの邪魔をしおって！」

隊の中に潜んでいた別の風魔衆三人が、そう言いながら飛び出し、十四郎に襲い掛かろうとした。

「この下衆が!!」

兼続は、そう怒鳴りながら太刀に手を掛けて立ち上がると、そのまま抜刀して瞬く間に、二人の風魔者の背を袈裟懸けに斬り抜き、最後のものの首を刎ね飛ばした。

「はあ、はあ、はあ……」

兼続が、血に染まった太刀を握り締め、肩で息をしながら十四郎の方に目をやった。

「十四郎……」

兼続が、血だらけとなって立ち竦む十四郎を見て言った。

「風魔とは縁を切る。上杉もこの命に代えて必ず守ってみせる！　わしも武士《もののふ》、誓いは決して破らぬ!!」

その熱き兼続の言葉に、蒼白となった十四郎の口元が微かに笑った。

「十四郎！」

弥平が呼びながら、今にも倒れそうな十四郎に駆け寄ろうとした。すると、「来るな……」と一言言って、十四郎がそれを止めた。

「お前……」

その弥平の言葉に、十四郎は再び笑みを見せると、背を向けて、そのままその場より立ち去って行った。

「何という男よ……」

慶次郎が、槍を握り締めて言った。

「いいのですか……」

飛猿が弥平に言った。

「いいのだ。忍びの生き様、しかとその目に刻んでおけ……」

弥平は、涙を湛えながら、去り行《ゆ》く友の姿を、ただじっと見送った。

十四郎は、木々の中を一人、痛みに耐えながら歩き続けた。

〝ふっ、あの時もこうであったな……〟

十四郎の脳裏には、越後と朝鮮から落ち延びた時のことが思い起こされていた。

〝あの折は、楓姉さん、そして紫蝶殿が一緒であった……〟

そう思う十四郎の顔には、穏やかな笑みがあった。

「初殿……」

そのような十四郎から、ふと初の名が口を衝いて出てきた。

〝生きて帰らねばならぬ……〟

十四郎の半生は、闘いに身を置くものとして、自らの命を省みることがなかった。

しかし、多くのものとの出会いにより、命の尊さを知り、そこから、己の命も誰かを幸せにすることができるということを悟ってから、十四郎は命の意味を認識するようになった。

そして此度、小太郎の闘いに集中する為、一端、初への想いを断ち切りはしたが、初の下に帰るという想いが、更にその十四郎を強くし、強敵である小太郎を倒すに至らせた。

そうして、兼続との哀しき因縁がようやく解かれた今、この初への想いは、瀕死の状態である身を前へ前へとつき動かしていた。

〝我が人生は、如何に女子《おなご》に助けられてのものであったか……〟

十四郎は、薄らぐ意識の中で、父からだけではない、己を包んでくれた幾つもの愛を感じていた。

その愛は、何も信じることができぬ戦国の世において、唯一心を満たし、温めるものであった。

〝この音は……〟

山中を彷徨う十四郎の前に、突如として瀑布が現れた、遙か頭上より降り注ぐその流れは、十四郎の立つ崖下まで続いていた。

〝ふっ、身切りの滝のようじゃ……。父上、孤鷲様、まだわしに修行せよと申されるか……。十四郎は、ほとほと闘いは飽きましたぞ……〟

瞑目し、そう思う十四郎に向かって、一筋の風が吹き付けた。

すると、その風に瀑布の一部が煽られ、それがまるで龍のような姿となって十四郎に降り注いだ。

そして、その風が止み、瀑布が元の姿に戻ったその場には、まるで龍がその身を攫《さら》ったかのように、十四郎の姿は無くなっていた。

二

九月十五日に、家康と三成の間で行われた関ヶ原での戦いは、三成方の奮戦により、一時西軍有利の状況を作ったが、それに加わる諸大名のほとんどが、戦に至るまでに家康によって懐柔されていた為、実際に死力を尽くして戦ったのは、西軍八万二千のうち、石田、宇喜多、小西、大谷の約三万五千程度の軍兵だけであって、戦況は次第に七万四千を有する東軍有利へと変わっていった。

事実、当主である毛利輝元が総大将を任されていた毛利軍は、この時、徳川本隊の背後に陣を敷きながら、家康に内応していた同じ毛利一門の吉川広家に出撃するのを阻まれて一発の銃弾さえも撃つことすらできなかったし、一万五千余りの軍勢を率い、三成の頼りとするところであった小早川秀秋は、秀吉の妻高台院の甥であったにも拘わらず、味方である大谷隊の側背を襲う裏切り行為に走った。

この小早川の行動に連鎖するようにして、大谷刑部の指揮下にあった脇坂安治、小川祐忠、朽木元綱、赤座直保の四隊が次々に大谷隊に襲い掛かったことで更に戦況は一変。日の本中の全ての大名の予想を覆し、辰の刻（午前八時頃）に始まった大戦《おおいくさ》は、申の刻（午後四時頃）には東軍勝利で幕を下ろすに至った。

この戦で、名将大谷刑部少輔吉継と、鬼と恐れられた三成の参謀島左近が命を散らした。そして、宇喜多秀家は薩摩に落ち延びたが、同じく戦場より敗走した三成、安国寺恵瓊、小西行長は後日捕らえられ、大坂・堺の市中を罪人として引き回され、十月一日には京・六条河原で斬首されて、その首は三条河原に晒された。

死を前にして三成は、晒し者にされた我が身をあざ笑いに来た福島正則に対し、「お主をこのようにできず、残念だ！」と返し、裏切った小早川秀秋には、「太閤の恩義を忘れるとは、武士道に恥じる心はないのか！」と罵倒した。そして、刑場に護送されるその道筋で、見物人が「治部少輔の天下のさまを見ろよ」と、はやしたてるのを聞くと、「わしが豊家の為に、天下分け目の義戦を行ったことは、天地がある限り語り継がれるのだ！　汝らには、決して分かるまい!!」と、無念の中にも、豊臣政権の中枢にあって、長年その安定に力を尽くしてきたという自負の念を、その場においても高らかに示し、最期までその誇りを失うことのない堂々とした姿で、刑場の露と消えて行った……。

その外、西軍に加担した諸将には、厳しい処分が持っていた。

まず、西軍に付いた三成以外の五奉行の去就については、前田玄以は、その保身から、大坂に在って密かに家康に内通し、前線に出なかったことで所領を取り上げられずに済んだが、長束正家は関ヶ原に参陣したものの、毛利軍同様、吉川広家に阻まれて動くことができず、その結果、居城の水口城に敗退した後、自刃して京三条橋畔にその首が晒された。そして残る増田長盛は、家康に内通するも所領を没収され、高野山に追放された。

次に、西軍の総大将となった毛利家は、戦の始まる以前に、吉川広家が家康に通じて、「輝宗が総大将となったのは、否応なく担ぎ出されただけで、家康に対して敵対の意思はない」という旨を伝え、戦闘不参加をも誓っていたことから、戦後は本領を安堵してもらう手筈となっていた。が、しかし、戦の終結後、西軍の連判状に輝元の花押があったことが敵対行為と見なされたことで約定は一変、本領安堵は反故にされてしまった。

このように態度を一変させた徳川に対し、広家は決死の覚悟で輝元の助命嘆願を申し出た。すると、この広家の熱意に徳川方は折れ、毛利家は中国九カ国百二十万石から、周防・長門三十七万石への減俸となって、家名は残すことができた。

ちなみに広家は、その後、徳川家から大名としての扱いを受けたが、毛利家中では、主家を救ったにも拘わらず、関ヶ原での行動が裏切りと見なされ、支藩の藩主ではなく、本拠である萩より最も遠い東の守りとなる岩国領の初代領主に収まることとなった。このことについて広家は、一言も不満を漏らすことはなかった。

そして、奥羽の地で激戦を繰り広げた上杉は——。

十四郎による襲撃があった日の翌十月四日、兼続率いる上杉軍は、ようやく米沢城に入り、二十日には、景勝の待つ会津若松城に入った。

こうして、北の関ヶ原と言われた出羽合戦は、敵味方双方に多大な死傷者を出して終結したが、西軍が破れたことで、兼続は景勝と他の重臣と共に、これから上杉が如何なる道を取るべきか、模索しなければならない事態に陥った。

その評定の席で、家康との和戦両論が討議されたが、戦うにも、今の上杉には城に立て籠って敵を迎え撃つしかできない状態であった。ただ、こうしたとしても、最上・伊達の連合軍だけなら持ち堪えられても、徳川本隊が出張ってくれば、正に城を枕に討死覚悟の戦になることは明白であった……。

その評定の最中、京において情報収集に当たっていた家老の千坂景親から、生き残る為の光明を見出すような知らせが届いた。

それは、家康ら東軍が小山より引き上げる際、上杉が追撃しなかったことで、上杉の謀反自体が疑わしいという声があるなど、上方では、此度の家康の言い掛かりとも取れる上杉征伐に対して、上杉に同情する風潮があることや、徳川の重臣の中にも、謙信以来の武門の家柄である上杉家が無くなることを惜しんで、上杉の為に家康に和議を取り次いでもよいと申されるものがおるというものであった。

これを受け景勝と兼続ら重臣は、悔しさはさることながら、家名を残す為、家康に全面降伏することに決した。そして、翌年の八月十六日、景勝・兼続主従は、伏見城にて家康に謁見した。

この時、家康の姿を見た兼続は世が変わったことをその場にてはっきりと感じ取った……。

家康は、西軍を破ったとはいえ、依然としてこの城の主である秀頼の臣下である。よって、戦の後、豊家に害する石田治部を討ったことを秀頼に報告し、今後も変わらず豊家に忠誠を尽くす旨の口上を述べた。

だが、事実上の天下の覇権争いである関ヶ原での戦いを制した家康の力は強大なものとなり、もう既に、その力は豊臣を凌駕するものとなっていた。

よって、家康としては、一気に豊臣家自体も潰し、完全に天下を我が手中に収めたいという思惑はあったが、此度の戦は、あくまでも豊臣家の為にしたというのが名目であり、かつ、それに味方したほとんどの諸将が豊臣恩顧の家臣であった為に、そうはできず、表向きとして秀頼や淀の方を立てていた。

「名より実を取るわ……」

家康は、毛利中納言輝元の去った大坂城の西の丸に入り、そこで正信にこう一言呟いて、不敵な笑みを浮かべた。

そして家康は、天下人の称号だけは秀頼でよしとし、戦での賞罰の裁量など政の一切は豊臣より奪って、自らに都合よく大名配置や西軍に与したものらの処罰を行った。

いずれ、名実共に真の天下人となる為に……。


〝天下は既に、豊臣から家康の手に……〟

景勝と共に、家康の前で臣下の礼をとった兼続は、目の前に座す家康の姿に、天下人の貫禄を見た……。

この時の景勝と兼続は、少しも悪びれた様子がなく堂々としていた為、諸将の間で長くその清々しい姿が語り草となったが、家康による裁断は厳しく、上杉は会津百二十万石から米沢三十万石へと減俸されるに至った。

処分が下った後、二人は馬に揺られながら、伏見の上杉屋敷に向かった。兼続の前を進む景勝は、眉間に深いしわを作り、終始口を真一文字に結んで、何一つ語らなかった。そんな景勝の背を見ながら、兼続は景勝の無念の思いを察した。恐らくその心中には、謙信に対する贖罪しかなかったであろう……。

兼続は、ふと北の空を見上げた。

それは遠いが、夏の空らしく青く澄んでいた。

〝約束は、守ったぞ〟

兼続は、遠い目をして、ただ十四郎のことを想った。

三

天下分け目の関ヶ原の決戦より、早二十五年の歳月が流れた寛永二年（一六二五）春。政宗の姿は、江戸の伊達藩邸の居室にあった。

世は、征夷大将軍となって江戸に幕府を開いた家康が、元和元年（一六一五）に大坂夏の陣で豊臣家を攻め滅ぼし、名実共に天下の主となっていた。

家康は、「乱世よりも難しきは、治国の仕置きよ」と、正信ら側近に言い聞かせ、その後も、自らの軍旗に掲げた『厭離穢土欣求浄土《おんりえどごんぐじょうど》』——すなわち、戦乱の世を住みよい浄土に変えることを望んで、泰平の世の地盤づくりに心を砕いた。

これは、忍びとして生を受け、殺すか殺されるかという地獄の中に身を置いてきた家康《次郎三郎》の、心からの願いであったに違いない。

その家康も、豊臣の滅亡を見届けた翌年、安心したかのようにこの世を去ったが、将軍職は三男秀忠、そしてその長男家光へと引き継がれ、徳川家の力は、盤石なものとなっていた。

こうして、信長、秀吉、家康と比べると、遅れて出て来た感のある政宗も、今や齢五十八となっており、威風堂々たるその姿は、年をとっても依然健在で、他の大名を圧倒していたが、その心中にはもはや若き日より滾らせた天下取りの野望はなく、天下安寧の為、徳川家に忠誠を誓い、よく若い三代将軍を補佐していた。

それは、既に徳川の世が揺るぎないと見切ったことは然ることながら、上杉討伐の際に、家康の許しもなく上杉領内に攻め入って、領地拡大に動いたことが家康の心証を悪くしただけでなく、和賀一揆を煽動したことが露呈し、それが一時反逆行為と見なされて、取り潰しの危機に陥ったことが、多少なりとも関わっていた。

和賀一揆での疑いは、和賀忠親が政宗に恩義を感じて自ら命を絶ったことで、真実は語られず、窮地を脱することはできた。

しかし、老獪な家康は、政宗の考えを全て見通した上で、あえて罪には問わなかったが、その代わり、政宗と交わした『百万石のお墨付き』の約定を反故にして、最終的に戦後の論功行賞で、苅田郡のわずか二万石しか与えなかった。

これは、三十万石以上の加増があった黒田や最上のことを思えば、少な過ぎるものではあったが、一揆の煽動をこれ以上暴かれたくないという弱みをもつ政宗には、不平不満など言えない状況であり、この時は、ただ素直にその裁定を受け入れざるを得なかった。

政宗は、上手いこと家康に逆らえぬように仕向けられたのである。

いくら政宗が、自らを時代の寵児と自称しようとも、人の心を操るのに長けた家康（影の住人）のもつ力には、抗うことができなかったのである。


「殿、お見えになりました」

「そうか」

政宗は、小十郎にそう答えると腰を上げ、広間に向かった。

政宗に客人の到着を知らせたのは、長く政宗に仕え、大坂夏の陣の直後に病死した小十郎景綱の息子である小十郎重綱であった。

小十郎重綱は、大坂夏の陣で、武勇で名を轟かせていた後藤又兵衛を打ち破るなど、〝鬼の小十郎〟と称される程の才識勇武の忠臣であり、父景綱の後をしっかりと継いで、今や政宗の片腕となっていた。

ちなみにこの小十郎重綱の妻は、夏の陣で豊臣方として智謀の限りを尽くし、徳川方から〝日の本一の兵《つわもの》〟と称された真田左衛門佐信繁（幸村）の娘である。

政宗は、その小十郎を伴って広間に入ると、「お待たせ申した」と一言言って、一段高い上座に着座した。

その広間の中央には、一人の若き侍が平伏していた。

「さ、遠慮はいらぬ。面を上げられよ」

政宗が、手を前に出して、頭を上げるよう促す仕草をした。するとその若者は、「はっ」と一言返し、頭を上げて鋭き眼光を政宗に向けた。

〝！〟

政宗は、刺すようなその若者の右の目を見るなり、わずかにたじろいだ。そしてすぐさま、その若者の左目に付けられた眼帯に目をやった。

〝これは……〟

政宗は、明らかに驚きの表情を見せた。

「初めて御意を得まする。某、柳生但馬守宗矩が嫡男、柳生十兵衛三厳《みつよし》にございまする」

そう言うと、その若者は再び平伏した。それに対して、政宗は言葉を返せなかった。

「殿……」

驚きの表情で言葉を失っている政宗に、側に控えていた小十郎が咄嗟に声を掛けた。すると政宗は少しハッとして、すぐさま我に返ると、いつもの威厳のある姿に戻った。

「そう畏まることはない。呼び出したるは当方。さあ、面を上げられよ」

そう政宗が促すと、若者は再び頭を上げて、真っすぐに政宗に視線を送った。

「不思議じゃな……。隻眼のお主とこうして向き合《お》うておると、己を見ているようじゃ。人は、わしをこのようにして見ておるのじゃな……」

その政宗の言葉に、若者は黙ってわずかに視線を下げた。

「十兵衛殿とお呼びしても構わぬかな？」

続けざまに問い掛けてくる政宗の言葉に、十兵衛は「陸奥守様のお好きなように」と、控えめに返した。

「そうか、では、そうさせてもらおう。時に十兵衛殿、此度我が藩邸に招いたるは外でもない。お主、昨今江戸の町を騒がせておった盗賊一味を、その新陰流の一太刀で殲滅させたそうだが、それは誠か？　そうであれば、泰平の世にあっても、鋭さを失うことのないその柳生の武芸、少し見せてもらいたいのじゃが、いかがであろう」

政宗が、興味津々たる様子で問うた。それに対し十兵衛は、少し困ったような表情をした後、「折角の申し出ではござりまするが。某の武芸など、未熟なものにござりますます故、陸奥守様にお見せできるものではござりませぬ。どうか、ご容赦の程を……」

十兵衛は控えめにそう言うと、再び頭を下げて平伏した。

その様子を政宗は見るなり、「そうか……。それは残念なことである。では、致しかたない……」と漏らすと、チラリと小十郎に視線を送った。すると小十郎は小さく頷き、即座に腰に差した小太刀を抜いて、横一線に十兵衛に向かって斬り付けた。が、その十兵衛を確実に捉えたと思われた小十郎の小太刀は、手応えのないまま空《くう》を斬った。

「何ぃ?!」

小十郎が、思わず驚きの声を漏らした。

「御免……」

その声が聞こえるが早いか、小十郎の右手の甲に激痛が走った。そしてその小太刀は小十郎の手より床へと滑り落ちた。

「それまで！」

政宗が声を荒げるようにして叫んだ。それに合わせるようにして十兵衛は、再び控えるようにして平伏し直した。

「十兵衛殿すまぬ。三代将軍家光様に仕えるそなたへのこの非礼、決してあってはならぬことと分かってはおったが、お主の武芸を見たい余り、わしが小十郎に命じてこのような無礼を働いた。どうか許してもらいたい……。ただ、不服とあらば、将軍家にもお父上にも報告されても構わぬ。わしはわしで申し開きを致そう」

そう言うや、政宗は頭を下げた。

「陸奥守様、どうか頭をお上げくださりませ。某は何も思おてはおりませぬ。某に向けられし御家来様の一刀には、一切の殺気がございませんでした。それだけで、某の命を取ろうとするものではないことは、容易に読み取れました。先程のことは、無かったことということで……」

十兵衛は、そう言いながら更に深々と平伏した。

「さすがは、お父上である但馬守をも凌ぐと言われるだけのことはある。その武芸、天下無双！　この政宗、恐れ入った‼」

政宗は、そう言いつつ、小十郎に襲われた際の十兵衛の動きを想起していた。

〝十兵衛は、座したまま宙に飛び、気づいた時には小十郎の側面にいて、拳で小十郎に一撃を加えているように見えた……が、それはどうであったか……。速すぎて見えなんだ……〟

政宗は、目の前の十兵衛に、一種の恐れを感じた。

「得物を使うことなく、敵を制圧した先程の技、あれはもしや、柳生新陰流に伝わる奥義『無刀取り』ではないか？」

そう問う政宗に、十兵衛は即座に答えた。

「いえ、先程のは、柳生の技ではござりませぬ。誰から教えられたわけでもなく、生まれついてより、この身に備わりしものにござりまする」

「生まれついてより備わりし技……」

その十兵衛の返答に、政宗は驚きの表情となった。

〝霧風流甲賀闘気術……〟

その言葉と共に、それを操るある男の姿が、はっきりと政宗の脳裏に蘇った。

「十兵衛殿。そなたの力量、この政宗、感服仕った。これからも天下安寧の為、その力を大いに使われるがよろしかろう。膳の支度をする故、もしよろしければ、これよりわしと一献酌み交わさぬか」

政宗は、頼もしき若者を気に入ったような表情をして言った。

「有難きことに存じまする。ですが、折角のお誘いではございまするが、某、これより城に立ち返り、殿の剣術のお相手をせねばなりませぬ故、本日はこれにてご無礼させていただきとうござりまする」

そう言うと、十兵衛は再び深々と平伏した。

「そうでござったか。それでは引き留めるわけにもいかぬな。では、日を改めることに致そう。今日は会えて、本に楽しかったわ」

「はっ。某も陸奥守様にこうしてお会いできたこと。身の誉れにしたく存じまする。それでは、これにて御免」

そう言うと十兵衛は、頭を上げることなく身を低くしたまま広間の中程まで引き下がると、そこで反転して身を起こし、そのまま広間を出ようとした。その時、咄嗟に政宗が「十兵衛殿待たれよ」と声を掛けて十兵衛を呼び止めた。すると十兵衛は歩みを止め、政宗の方を向いた。

「時に十兵衛殿、わしは病で右目を失うたが、お主はどういう経緯で隻眼となられた」

政宗が、座したまま十兵衛に問うた。すると十兵衛は、その場にて返答した。

「此度の盗賊との闘いにおいて、不覚にも失いました」

「盗賊にやられたとな……？　お主程のものに傷を負わせるとは、その盗賊、一体どのようなものであったのだ」

「はい、そのものらは戦国の砌《みぎり》、北条に仕えていた風魔党の生き残りでござった」

「何、風魔党とな！」

その名を聞いた政宗の表情は一変した。

「はい、そのものらが、屋敷に戻る某を、集団で襲って参りました。応戦したことで頭目を除くその全てを斬り倒しましたが、最後に残りしその頭目の操る術は尋常ではなく、某も一時死を覚悟するに至りました。しかし、最後は捨て身にてその術を破り、左目を失いはしましたが、どうにかそのものを倒すことができました」

そう語る十兵衛の隻眼が、一瞬力強く輝いたのを、遠くからでも政宗は感じ取った。

「して、その風魔党の頭目の名は？」

政宗は、思わずそう十兵衛に問うた。

「そのものは、五代目風魔小太郎と名乗り、私怨にて命を頂戴しに参ったと申しておりました」

「五代目、風魔小太郎……」

政宗は、自らの意識が文禄・慶長の戦国末期へと戻って行くのを感じた。

「倒すことのみに集中せざるを得なかった為、某にどのような恨みがあったのか、謎でござります る。今となっては、それを知る手立てもござりませぬ……」

そこまで語ると、十兵衛は口を閉ざし、その場で政宗に一礼して退室した。

すると政宗は、十兵衛を見送ろうと腰を上げ、広間に面する広縁に出た。

「噂に勝る武芸者でござりましたな。但馬守様もあのような御子息がおられ、さぞ心強いことにござりましょう」

政宗に付いて広縁まで出て来た小十郎が、十兵衛に打たれた右手を左手で押さえながら言った。

「小十郎……その手、二、三日は痺れが取れぬぞ……」

政宗が、庭を挟んだ廊下を歩み去って行く十兵衛の姿を見ながら静かに言った。その言葉に小十郎は、〝何故分かるのか？〟というような不思議な顔をして政宗を見た。

「小十郎、そちは知るまい。十兵衛殿は但馬殿の子ではない……」

「えっ?! 殿、それは……」

小十郎が、一層驚きの表情をして政宗を見た。

「十兵衛殿は、但馬殿の姉君の子じゃ。その姉君は、十兵衛殿が七つの折、流行り病で亡くなられてな、その時、但馬殿が十兵衛殿を養子としたのだ」

「それは、誠でございますか……」

「うむ、誠じゃ」

「では、十兵衛殿のお父上は?」

小十郎が、興味ありげな表情で政宗に問うた。

「父か……。それは、但馬殿しか知らぬ。我らは、知る必要もなかろう……」

「殿……」

そう語る政宗のどことなく寂しげな表情に、小十郎は何かを感じ取り、それ以上聞くのを止めた。

〝あの眼帯、あれはかつて、わしが十四郎に与えたもの……。初殿が、十四郎より受け継いでいてくれたのか……。まさか、このような形で再び目にするとは……〟

政宗は、自ら眼帯を十四郎に手渡した時のことを、懐かしく思い返した。そして更に思った。

〝風魔は、十兵衛が十四郎の子であることを調べ上げたのであろう。だからこそ、風魔党の宿敵である霧風の血を引く十兵衛を襲った。しかし、十兵衛の口ぶりからすると、十兵衛は初殿より十四郎のことを余り知らされないまま、柳生の子として育った。だからこそ風魔との因縁も知らされてはおらぬ……。だが、その体内には、間違いなく十四郎より受け継いだ血が脈々と流れておる。あの立ち姿、十四郎そのものではないか……〟

十兵衛の姿に十四郎を重ね、政宗は思わずフッと口元を緩ませて微笑した。

廊下を通り過ぎ、十兵衛の姿が見えなくなると、政宗は庭に咲き誇る桜に目をやった。すると、心地よき春の風がソロリと通り抜け、桜の花びらを宙に散らせた。

「何ともよき日和であるな」

「はい、仰せの通り、よき日和にござりまする」

主従は、しばらく黙って、宙を舞う美しい桜の花びらを愛でた。

そうして政宗は、穏やかな心持ちで、庭にある池に視線を落とすと、そこには、花《はな》筏《いかだ》が池の表面を飾っており、これもまた春の風情を感じさせるものとなっていた。

そして、池より流れ出る水路には、その花筏が二、三片程度の小さな塊となって、緩やかな流れに乗り、やがて庭の外へと消えて行った。

「我らのようじゃな……」

「はて、何のことでござりましょう？」

政宗の呟きに、小十郎が尋ねるようにして聞いた。

「この桜よ。まるで、我らのようではないか。乱世の世に競うようにして咲き誇り、やがてあるものは戦場に散り、そしてまたあるものは、覇者の作りし新しき枠組みに入れられて、そのまま時代という流れに身を任せて消えて行く……。誠、儚《はかな》きことではないか……」

そう物思いに更けるように語る政宗に、小十郎は一言「しかし、桜は美しゅうござりまする」と桜を眺めながら返した。

その小十郎の言葉に、政宗は心の内を覆っていたものが、取り払われたような気色となった。

「そうじゃな。懸命に咲く桜は、何とも美しい」

そう語る政宗の隻眼には、その桜と重ねるように、これまで共に戦い、そして競い合ってきた全てのものたちの姿が、美しく映し出されていた。

謀略の剣　参　激闘 北の関ヶ原編　完

あとがき

歴史を振り返ってみると、疑問をもたざるを得ない出来事に、数多く気づかされる。

例えば、信玄と謙信は立て続けに病死したということになっているが、これは、あまりにも信長にとって都合が良過ぎるし、その信長が本能寺で散るタイミングは、織田に攻め滅ぼされかけていた当時の上杉家にとって都合が良過ぎた。

ましてや現在の山形には〝上杉家では家督相続の際、継承者のみに代々伝えられた御家の禁忌が存在し、その禁忌を知った継承者は皆、顔を青くして冷や汗を滴らせる程の衝撃を受けた〟という逸話があると聞けば、これらの疑問を自分なりに推考し、できるだけ辻褄の合う形にエンターテイメント作品としてまとめられないものか――。

こう考えたことが、この作品を生み出す私自身の大きな理由となった。

自分自身も楽しむ為、私は創作に当たって、幾つかのこだわりをもって臨んだ。

その一つが、物語を途中で主人公の変わる親子二代の話にしたかった点である。ただ、当初から予定していたが、十左衛門と十四郎で止めるのではなく、最後の最後で十兵衛を登場させるという、言わば三代に亘る〝十の系譜〟にしたことは、物語を長久の流れの如きものにすることができたと思うと共に、代が変わる程、霧風、服部、柳生といった武の遺伝子が組み込まれていくことで、十兵衛を〝武のサラブレッド〟にまで高められたことは、わずかしか登場しないのにも拘わらず、十兵衛に先代、先先代に負けることのない存在感を与えることになったと実感している。

更に、別のこだわりを申せば、それは、物語にリアリティーをもたせようとしたことである。戦における両陣営の動きや朝鮮出兵における戦場での凄惨さなどは、資料にある記述を、できるだけそのまま引用した。ちなみに、実在した人物で、その出生時期を話の都合上大きく変えざるを得なかったのは、前田慶次郎と柳生十兵衛ぐらいである（十兵衛は、十四郎の実子にしたかった為、実際に生まれた年を宗矩の養子に入った時期とした）。

そして、最後のこだわりについては、歴史上あまり表に出てこない事柄を、難しくならない程度に文中に書き示した部分である。例えば、関ヶ原の戦いに一番に参加するであろう加藤清正が、どうして参戦していなかったかなどは、ドラマでも説明されることが少ない。このようなことを知ることは、歴史マニアにとっては、たまらないことではないかと推察される。これに沿うようにして、さりげなく明智光秀と坂本龍馬が、時代を経て繋がっていると思われるエピソード（弐巻　第二章）を入れたことは、私の遊び心として了解していただきたい。

こうして、およそ五年をかけて書き上げた本作ではあるが、予てより書きたかった謙信と信玄の一騎打ちや、政宗と十兵衛という隻眼同士が向き合うシーンを表現できたこと、そして、現代社会にも通じるであろう親子の絆やリーダー論まで一つの作品の中に書き込めたことには、一定の満足感を感じている。

以上が、私の今の心境なのだが、読者の方々には、所々に散りばめた伏線に気づき、少しでも楽しんでいただけたのであれば、作者としては嬉しい限りである。

最後に、この作品に興味を示していただき、世に出ることに尽力していただいた文芸社の須永賢さんには、感謝の御礼を述べたい。

二〇一八年四月

磯﨑拓也

主要参考文献

『歴史群像シリーズ②　戦国関東三国志』太丸伸章編集（学習研究社）
『歴史群像シリーズ③　羽柴秀吉』太丸伸章編集（学習研究社）
『歴史群像シリーズ④　関ヶ原の戦い【全国版】史上最大の激突』太丸伸章編集（学習研究社）
『歴史群像シリーズ⑧　上杉謙信』太丸伸章編集（学習研究社）
『歴史群像シリーズ⑲　伊達政宗』太丸伸章編集（学習研究社）
『歴史群像シリーズ㉚　豪壮　秀吉軍団』太丸伸章編集（学習研究社）
『歴史群像シリーズ㊺　豊臣秀吉』渡部義之編集（学習研究社）
『歴史群像シリーズ　戦国セレクション　疾風　上杉謙信』太丸伸章編集（学習研究社）
『歴史群像シリーズ　戦国セレクション　風雲　伊達政宗』太丸伸章編集（学習研究社）
『新・歴史群像シリーズ⑫　徳川家康』十鳥文博編集（学習研究社）
『新・歴史群像シリーズ⑯　上杉謙信』小池徹郎編集（学習研究社）

『新・歴史群像シリーズ⑰　直江兼続』小池徹郎編集（学習研究社）
『日本史探訪12』角川書店編（角川書店）
『義と愛に生きた男　直江兼続の真実』清水將大著（コスミック出版）
『図解　上杉謙信・景勝と直江兼続』吉村太郎著（綜合図書）
『上杉謙信　物語と史蹟をたずねて』八尋舜右著（成美堂出版）
『歴史を「本当に」動かした戦国武将』松平定知著（小学館）
『歴史人　No.11』高橋伸幸著（ＫＫベストセラーズ）
『歴史人　No.17』高橋伸幸著（ＫＫベストセラーズ）
『月刊　歴史街道　平成一八年一一月号』辰本清隆編集（ＰＨＰ研究所）
『別冊宝島２０３２号　日本史の闇を支配した「忍者」の正体』中園努編集（宝島社）
『北の関ヶ原合戦　北関東・東北地方で戦われた「天下分け目」の前哨戦』中田正光・三池純正著（洋泉社）

著者プロフィール

磯崎 拓也（いそざき たくや）

昭和44年、宮崎県日向市生まれ
平成５年、帝京大学文学部教育学科卒
平成15年、宮崎大学大学院教育学研究科修了
平成19年、『学校が失ってはいけない大切なもののために』
（文芸社）出版
平成21年、『なぜ学校は誤解され、改革も上手くいかないのか』
（文芸社）出版
※２冊とも教育エッセイ
平成27年、『謀略の剣　風雲越後編』（文芸社）出版
平成28年、『謀略の剣　弐　驚天小田原編』（文芸社）出版
宮崎県日向市在住

謀略の剣　参　激闘 北の関ヶ原編

2018年４月15日　初版第１刷発行
2018年９月30日　初版第２刷発行

著　者　磯崎 拓也
発行者　瓜谷 綱延
発行所　株式会社文芸社
〒160-0022　東京都新宿区新宿1－10－1
電話　03-5369-3060（代表）
03-5369-2299（販売）

印　刷　株式会社文芸社
製本所　株式会社本村

ISBN978-4-286-19243-7

磯崎拓也「謀略の剣」シリーズ既刊書好評発売中!!

謀略の剣

風雲越後編

文庫判・284頁・本体価格700円・2015年

ISBN978-4-286-16162-4

時は戦国、「越後の龍」上杉謙信、「甲斐の虎」武田信玄、「魔王」織田信長の三つ巴の戦いが繰り広げられていた。それぞれの忍び達、「軒猿」「透波」「信長側近の刺客」、そして甲賀忍び霧風十左衛門の闘いも熾烈を極めていた。武士達の思惑と陰謀を軸に、恋愛や親子愛などを縦横に織り交ぜながら緊迫感あふれるタッチで描き出す長編傑作、ここに誕生!!